朝日新書
Asahi Shinsho 825

死は最後で
最大のときめき

下重暁子

朝日新聞出版

死は最後で最大のときめき

目次

プロローグ　眠りの中の一瞬の夢
――最後で最大のときめき
境界を超えるとき／期待があることとの幸せ
猫は何を見たか？／狂おしいほどの悦び

第1章　喪失と永遠を考える
――出会い、そして別れ
心が動くという奇跡　24
八千草薫さんの死に思う　28
喪失を抱きしめること　31
美の永遠性について　34
ゴールを駆け抜けた雄姿　37
〝集り散じて人は変れど〟　40

この春の異常な不安　43
死に方は生き方である　46
大林監督が咲かせた花　49
会話の大切さを思う　52
水上勉さんの勘六山房　55
信じられぬ訃報相次ぐ　58
わが心のベイルート　61
競馬と小沢昭一さん　64
山崎ハコさんとの「縁」　67
「時」を抱きしめる　70
墓めぐりはたのし　73
別れで知る出会いへの感謝　76
十年前のあの日のこと　79

死をさり気なく受け流す　82

第2章　夢中になるということ
――さまざまな生き方

夢中になれることの幸せ　88
猫の耳は何を聞く？　91
カラヤンと野際陽子さんと　94
黒川能と雪芝居　97
山田太一さんの「想い出作り。」　100
熱狂の「黒いオルフェ」　103
臈たけたひとはどこへ　106
家族制度の呪縛いまだ　109
明日はわが身　112

原爆の記録が語ること 115
「経験したことのない」 118
大坂選手の「七枚のマスク」 121
「敬老の日」はいらない 124
八十歳以上の方は―― 127
「やったらええやん」 130
ヴェネチア的生き方 133
土井たか子さん「名前で呼んで」 136
「二・二六」と私 139
ほんとうの女性登用とは 142
毎日が孤独のレッスン 145
自由を奪う高齢者差別 148

第3章　最終楽章は華やかに
——希望の足音

秋はどこへ消えた　154
春を告げる小さな旅人　157
ハムシーンのあとで　160
簡素にまさる美はなし　164
「疎開」がはじまった　166
燕が来た！　170
日本の粋は生きている　173
美意識という無上の資産　176
儚さは人生に似て、夏椿　179
いま花咲く「それいゆ」　182

養老孟司さんの「少年の目」　185
だだちゃ豆の奥深さ　188
金木犀の香り　191
書店がある幸せ　194
一字が万事　197
ゴローくんと森くんと　200
タヒチの猫、ニニ　203
花を咲かすかは自分しだい　206
ひと筋の光となる雛祭り　210

プロローグ

眠りの中の一瞬の夢

——最後で最大のときめき

境界を超えるとき

「死は眠りの兄弟である」

ドイツでは、昔からそう言われているという。

死をイメージする時、いちばん身近なものは、眠りである。

眠りにつく瞬間を捉えることができるだろうか。目をつぶり、その体勢に入ったとしても、眠った時には意識がなく、いつ眠ったかわからない。眠れぬ夜など、右に左に寝返りをうち、古くからの言い伝えどおり、羊を一匹二匹と数えてみると、頭の芯は覚めたままだが、何かの瞬間にこの世ではない世界に行っている。

その瞬間を「今だ」とわかる人はいるだろうか。「そろそろかな」と思うことはあっても境界を超えたときには、もう眠っている。その瞬間をはっきり自覚することはできないものか。

それができれば、死の瞬間をも自分のものとして、実感できるはずなのだが。

ベッドに入り眠りにつく時、明日の目覚めを疑う人がいるだろうか。どこかで信じている。その証拠に明日の予定を書いた手帳は枕元にあるし、それを見るまでもなく頭の中の記憶としてすでに織り込まれている。

眠りがそのまま死に移行することは難しい。

「朝起きて来ないので見にゆくと、すでに事切れていた」

私の友人にもそうした「達人」がいるし、眠ったように死んでいった幸せな人だと思われているが、果たして彼は眠りの続きとして死の訪れを迎えたのか。そうではあるまい。他人にわからないだけで、一、二度、目覚めたかもしれないではないか。トイレに行かないまでも、頭を右から左へ移動した際に目覚めの状態になり、死の訪れが眠りの延長として来たわけではないと思う。

そう考えるとますます死は捉えがたくなる。眠りは死と繋がっていないとすると、取りつく島がない。

そこで「死は眠りの兄弟である」というドイツの言い伝えを思い出してみよう。完全とはいかないまでも、この世に生を享(う)けている間の人間にとって最も死に似ている時間は？　と考えると、やはり眠りという言葉に行きつく。

死を実感するためには、兄弟である眠りに頼るしかないのである。

死はいつ訪れるのか、明日かもしれないし、一週間後、一年後、いや十年後かもしれない。それがわかれば、少しは計画的な生き方ができるかもしれないが、前もって知らされることがないだけに、死のレッスンをしておくことは難しい。

私はこの春、『明日死んでもいいための44のレッスン』という新書を幻冬舎から出したが、結局のところ、生きている今という時間をしっかり刻んでいくしかないことをいやというほど思い知らされた。

そして今、死と兄弟であるという眠りの中で死の練習ができないものかと考えている。もしできるとしても眠っている間は無理だから、眠る直前と目覚めた直後にしかできない。

そこで私は、眠る前にその日の出来事を振り返ることにしている。といっても、反省などという真摯（しんし）なものではなくて、快く頰を撫でて通り過ぎていく微風のようなものに止（とど）めている。瞬間、瞬間を反芻（はんすう）することはあっても反省はしない。深く考え込むと眠れなくなるからである。

朝目覚めた時は、その日の予定を考える。仕事であり、愉しみであり、そのことに微かに期待する。何が起きるか――「ときめきは前ぶれもなく」である。

期待があることの幸せ

眠りの中で見るもの、それは夢である。死が眠りの兄弟だとすれば、死の中でも夢は見るのだろうか。

いや、死そのものが夢ではないのか。

臨死体験をしてこの世にもどって来た人の話を聞くと、空のどこか高いところから下界を見下ろしていて、そこはさまざまな花が咲き乱れる美しい世界。まるで夢のようだったという人が多いという。

春先、私は毎年同じ夢を見る。

かつての恋人の夢。姿は見えているのに、どうしても触れることができない。

もう少しもう少しというところで目が覚める。そのまま目をつぶり、夢の続きを見ようとする。私は続きを見ることができるのだ。三度までは経験したが、次に目覚めた時には皮肉にも起きる時間であるという現実が待っている。

夢に結末はない。中途半端に終わってしまう。

夢の中で私はときめいている。そんな朝の幸せなこと、私の中には期待がある。またいつか会う。きっと偶然が訪れる。その訪れが聞こえてくる。

新幹線の隣の空席に乗ってくる。外国の空港でトランジットをしていると、ふと目が合う。信じられないことに彼だった——。おめでたいと言われようと期待があることは幸せだ。

ときめきは前ぶれもなくやってくる。夢の中にもときめきはある。

ときめきが形をもって目の前に現れることはまれではあるが、八十歳を過ぎても、私はかつてと同じときめきを感じることができる。

そして死が訪れる時、最後で最大のときめきがやってくると信じている。

猫は何を見たか？

私の飼い猫の死も突然にやってきた。まだ七歳の牡猫（おす）で、その日も歩き慣れたヴェランダの手すりの外側を上手に伝っていたと思われる。

そのときライトがきらめき、彼の足もとを狂わせた。猫は光に弱い。運悪く一階の駐車場に入ろうとした車のヘッドライトが目を射て、その拍子にマンション三階のヴェランダから落ちたに違いない。

そのまま車のボンネットで撥（は）ねられたようだ。細身の美しい猫で、自信を持って柵の外を歩いていたはずだったから、彼にとっても突然のことだったろう。

「ロミがいない！」

帰宅したつれあいと私は家中を探し、「下を見てくる」と言って間もなく、つれあいは車の下にうずくまっている猫を見つけた。

不思議なことに、見たこともない白い猫がじっと車の下の一点をみつめていたという。

何かの暗示だったのか、やがてロミを抱いたつれあいがもどってきた。

口許に少し血が滲んでいたが、あとはいつもの美しい姿だった。間もなく死が訪れるとは想像できなかった。

私の腕に抱かれて「ロミ、ロミ！」と呼ばれると長い尻尾を振って応えた。医者が来るのを待ちながら、私は名前を呼び続けた。声だけは最後まで聞こえると知っていたからだ。

医者が部屋に着くまでの間に、ロミは大きなため息をついた。今まで見たことのない、この世の全てを吐き切ったかのような、ため息だった。

それが最後だった。最愛の人の腕に抱かれ、この世からあの世への懸け橋を渡っていった。

猫はその瞬間、何を見ただろうか。何を感じただろうか。見たもの、感じたことが最後のときめきと呼べるものだったのではないか。

彼の死は不幸ではなかった。

私にこの上なく愛され、私に愛することの素晴らしさを教え、決して消えることのない思い出を残した。

まだ温かみの残る身体を抱きしめ、それが徐々に冷たさと重みを増していくのを最後まで見届けた。

それをしも、哀しいときめきと呼ぶことはできるだろう。

死んでいく者にとっても、生き残る者にとっても死は最大のときめきである。死んでいく者にとっては二度と訪れることのない最大のイベントであり、生き残る者にとっては決して忘れることのできない、最大のイベントに違いない。

まだ生きている現在の私の考える死とは、いまだ経験したことのない出来事、初体験である。

死とは何だろうか。全てが無に帰すという考えが多いが、それではあまりにも淋しい。未知の経験が待っているのではないか。私自身が変質してしまっていて感じることができるかどうかわからないが、私は最後まで期待を捨てたくない。

夕焼けがやがて茄子紺になり、ふと気付くと闇になっている。その境目を見つけることはできないが、私は闇になった瞬間にあの世に身をすべり込ませたい。

そこに至るまでの短い時間、この上なく美しく空が燃える。

秋の紅葉は、一瞬の夕日を受けてこの世のものとも思えぬ美しさに染まる。終わりは常に美しい――燃え尽きて灰となり焼け落ちるまで。金閣寺もそうであったろうし、首里城が炎の中で影絵のように焼け落ちる瞬間も……。

狂おしいほどの悦び

私の死もまた、人生の終わりにふさわしく燃え尽きて、あかあかとあたりを照らしたい。これこそときめきではないか。私も一緒に焼け落ちてもいいし、それでこそ生を全うしたと言えるのではないか。

「地獄変」という芥川龍之介の作品が好きだ。ある絵師が炎の中で死んでいくわが娘を紙に描きとる物語だが、こんなにも残酷で美しい瞬間はないのではないか。

最後で最大のときめきを私は娘の死に見る。娘自身もその瞬間、この上ない恍惚に包まれていたのではなかろうか。そしてそれを描きとる絵師も狂おしい悦び(よろこ)に包まれたに違いない。

人生の最後で最大のときめき、死は誰にでも訪れる。その時を一番その人らしく盛り上げるためには、一日一日の積み重ねしかない。

生きている間の日々刻々を懸命に積み上げて、最後の瞬間、いかに美しくその人らしく燃え尽きていくか。

私自身がそのときめきを自覚できるのかどうかはわからないが、誰彼となく必ず訪れるフィナーレは、その人らしくありたい。ひっそりとさりげなく、この世を去るのも悪くはない。

幕が下り切った時、舞台上に残された私は生まれてきた時と同様に、ひとり去っていく……。

生もまた眠りの中の、一瞬の夢に過ぎないのだ。

第1章

喪失と永遠を考える

――出会い、そして別れ

心が動くという奇跡

ときめきは前ぶれもなく
冬薔薇(ふゆそうび)

五年前に作った拙句である。もう二度と起こらないだろうと思っていたある感情が頭をもたげてきたことに気付いて、とまどっていた。

三・一一の起きた年から右足首、次の年に左足首、そのあくる年に左手首と三年連続で「首」を骨折した後だった。一年ごとというあまりの間の良さに落ち込むどころか、笑ってしまった。

足首は単純で、ギプスが外れるとすぐ元にもどったが、手首は神経が細かく張りめぐらされているので、一年近くかかった。手術をすすめられたのに、忙しいことを理由にリハビリだけで治すことにしたからだ。

その間に思いがけぬ出会いがあった。治療中に「おや?」ということが何度かあった。私が思っていることをさり気なく言い当てられる。しかも心の奥にしまっておいたはずのことを。何度かそんなはずはないと首を振る。

なぜわかるのだろう。結論として納得した一つは「触れる」ということだった。痛んだ手首に触れることで通じるものがあったのだ。

今はクリニックでも大病院でも、医者は患者に触れることはほとんどない。脈も測らず、手も握らず、まして体に触れることはない。ひたすらその目は机の上のデータ画面に釘付けである。

検査結果の数字を見ながら、患者の顔を見ることもなく、さまざまな宣告がなされる。

「先生! 私の目を見てよ」と何度言いたくなったことか。

「リハビリだけで完全に元通りになるかどうかは五分五分ですね」

教えられた通りに自分で出来る宿題をこなすことも大事だが、手首を他人の手に任せている時の心地良さ。触れあいの中から生まれる感情。残念ながら健康保険での治療は二十分以内と決められていて、あっという間に刻が過ぎる。

「整形外科ぐらいさまざまな診断がされるところはありません。私のもその一つだと思って聞いて下さい」

押しつけがましくない言葉もうなずけた。

そんな中でふと気付いたときめき。何の前ぶれもなくやってきた。まだまだ捨てたもんじゃない。冬の名残りの薔薇は、朽ちていく中だけに、いっそう美しい。

　いまこの庭に
薔薇の花一輪
くれなゐふかく咲かんとす
彼方(あちら)には

昨日の色のさみしき海
また此方（こちら）には
枯枝の高きにいこふ冬の鳥
こはここに何を夢みる薔薇の花

いまこの庭に
薔薇の花一輪
くれなゐふかく咲かんとす

高校生の時、耳から憶えた三好達治の詩が浮かんできた。あの頃の純粋な想いに顔赤らめる。

私の中のときめきをこっそり育てながら、ときめきを食べて生きてゆきたい。

八千草薫さんの死に思う

人生最後のときめきは死である。何と不謹慎なと言われるかもしれないが、その人がもっともその人らしくあるのは棺（ひつぎ）を蓋（おお）う時だと私は信じている。

私もそうありたいし、そのような死を迎えた人を憧憬する。

八千草薫さんが亡くなった。さり気なく、その人らしく……。

「先立ってごめんね」と愛犬と愛猫への言葉があったという。お別れの会も特別にやらないという。その姿勢が美しい。孤独を知る人のみが知る美しさだ。仕事でインタビューした程度だが、存分にそのことは伝わってきた。

目の前に座っていたその女（ひと）は、座っているだけでこちらが吸い込まれていきそうな雰囲気を持っていた。女優さんの多くは、私が私がと自己主張ばかりが前に出てくる。特に最近は、過度に露出する演技が気になって仕方がない。その中でひっそりとした佇まいがかえって存在感を際立たせる。いやおうなく惹きつけられる。

引く演技というか、自分の中を見つめる演技が見る人を引き込んでいく。

ある画家と対談をした時に、品とは何かという話になった。彼は「引く」ということだと言った。ピカソの絵でも全面で自己主張しているようでいて、その中に引く姿勢があり品性を感じさせると言った。

八千草さんに感じるのも、そうした品の良さである。

それは若い時から変わらない。私は宝塚歌劇の娘役時代から、ずっと八千草さんを見続けてきた。

中学生の頃、私は大阪にいて、樟蔭中学という女子校に通っていた。その学校の制服はグリーンと紺のセーラー服で、中学こそ梅、桃、桜と幼稚園並みのクラス名だったが、高校に行くと月、雪、花と宝塚並みになる。さらに大学入学や卒業時の正装は、黒紋付にグリーンの袴(はかま)、まるで宝塚であった。中学卒業後、宝塚音楽学校に入り、後にスターになった人もいる。

当然、宝塚ファンの生徒も多く、私も誘われて大劇場へ何度か足を運んだ。越路吹雪、久慈あさみなどの男役に加え、有馬稲子、新珠三千代などの娘役で花ざかり。中でも春日野八千代、八千草薫のコンビには夢をかき立てられた。

西洋物はもちろん、「王昭君（おうしょうくん）」など中国の物語でのひとみちゃんの可憐さは忘れがたい。そう、八千草さんの愛称は「ひとみちゃん」だった。宝塚のあの中性的な美しさは何だろう。後に講演で訪れた宝塚ホテルでお茶を飲んでいると、宝塚の生徒たちが窓の外を行き交う。異界にまぎれ込んだようだった。

八千草さんを憧れの人と言ってはばからない劇作家の倉本聰さんや、「岸辺のアルバム」で不倫する人妻を演じさせた脚本家の山田太一さんなど男性ファンをはじめ、私のような女性ファンから見ても、ひとみちゃんの頃と全く変わっていない。

変わらないということは、勁（つよ）いということだ。強さではなく勁さ、風に吹かれても決して倒れないさりげない草の勁さである。

喪失を抱きしめること

「ノートルダム大聖堂へお願いします」

聞くなりタクシーは勢いよく走り出した。

正面より少し手前で停めると、

「ここが一番よく見える」

運転手は手慣れたものだ。

あの大聖堂焼失事件以来、その現場を訪れる人が内外ともに増えたという。

外から見ると、崩落した部分を除いて、残った部分はそのまま。日本のように、布でほうたいのように覆って外部から見えなくするという姑息なことはしていない。

だから、昔の姿と比べてどう変化したかがよくわかる。セーヌ河に沿って、シテ島をノートルダムの後部にまわると、横からの眺めは変化がないようにも見える。

私にはパリでどうしても行きたい場所が二カ所あった。一つは焼失したノートルダム大聖堂。いつもは待ち合わせ場所に使うことはあっても通り過ぎるだけで、その概要を片目で確かめる程度だが、できる限り近づいてしげしげと眺めた。

探していたものがあったのだ。それはノートルダム大聖堂の屋上の角から見下ろしている怪物の石像。人のようでも、獣のようでも、鳥のようでもある。

あの石像を見るのが楽しみだった。「ノートルダムのせむし男」などの舞台にも、天井を表すために設置されていた。

火災の第一報を聞いた時から心配だった。信仰心にとぼしい身としては、最も興味があるものの行方が気にかかる。

それにしても西洋の教会はなぜ、半獣半人の姿をした奇妙なものが守っているのだろうか。

その多少滑稽で不気味な姿にこの上ない親しみを覚える。大聖堂の荘厳さに比べ、どこかほっとさせられるのだ。火災の映像を何度も注意深く見たが、屋根の上に怪物の姿は発見できなかった。

無事、地上へ下ろされたのか、まさか、粉々に砕けたなどということはないだろう。薄汚れた聖堂をめぐって何度となく探したが、石像の姿はなかった。どこかに大切にしまわれていると思うことにした。

もう一つ行ってみたかったのが、「北ホテル」。往年の名画に登場するそのホテルは、パリ北部のサン・マルタン運河の畔に建っている。

庶民的なその町で人々が交差する雰囲気に浸りたくて、曇天の午後訪れた。映画に登場する人物の絵を飾り、バーもレストランも静かだった。目付きのするどい男の従業員にショコラを頼んだが、私たちの他に客は居ない。

運河に観光船が来て水位を調節して去っていった。マロニエの実を一つ拾ってポケットに入れ、旅の土産とした。

なぜ人は火災の現場や、大事故が起きるとそこに駆けつけたくなるのだろう。

すでに日常になってしまっている風景が非日常の姿になっているのを見て、かき立てられるものがあるのだ。日常になっているものは忘れ去られていくのに。

美の永遠性について

瞼の裏から離れない映像がある。かの首里城の焼け落ちる瞬間、柱や屋根の輪郭だけを残して崩れ落ちる。

炎の中に影絵のように浮かび上がるその美しさ！　誤解を恐れずに言うなら、何度見ても美しく胸かきむしられる。

テレビで同じ場面を見るうちに、私の目の前で起きたことのような錯覚に陥る。

美しいものは焼け落ちる時も美しいのだ。

かつてバラ専門の店で見事な花を買い求め、枯れた後ドライフラワーにしたら、見たこともない見事なドライフラワーになった。

その時感じた。美しいものは形を変えても美しいのだと。

首里城の火災はかえすがえすも残念だが、今となってはその残像を人それぞれの方法で心の中に持ち続けるしかない。

私は幸か不幸か、沖縄に行った折に遠くからその存在を確認したが、そばに寄って見ていない。

だから私の中の首里城は、あの黒い影になって崩れ落ちる瞬間の首里城である。それを抱えて想像をふくらませていくしかない。

沖縄の人々の願いを一身に集めて再建された首里城は、実は何回もの焼失の憂き目に遭っている。太平洋戦争末期の記憶もあり、新装なった首里城に描く夢がいかに大きかったか。今回の焼失を語る沖縄の人々の言葉には響くものがあった。

いつの日か再建するにあたって、経費も人手もほんとうにまかなえるのか。ただ救いになるのは、そのために多くの人々が寄附を惜しまないことだ。

それはノートルダム大聖堂が焼失した時のフランス人をはじめ、全世界の人々の思いと同じである。

人々の心の中に住んでいるのは象徴となる文化なのだ。文化を大事にすることこそほんとうの豊かさであり、数字に表れる経済効率とは違うことを心したい。

戦後日本は経済効率のみを追い続け、政治家も文化は票にならないと、選挙時に語る人は少ない。そのことへの警告として首里城の焼失を考えてみたい。

ヨーロッパの国々は、それぞれの文化を大事にしてきたからこそ経済成長率が良くなくても生き残れたが、今のように経済効率一辺倒で文化や美を忘れた日本が、経済が傾いても生き残れる保証はどこにもない。

首里城の火災からかつての金閣寺の焼失をイメージした人も多くいたというが、あれは金閣寺の美しさに恋した少年の仕業だったとは三島由紀夫の「金閣寺」だったか。

私は、芥川龍之介の「地獄変」をあの焼け落ちる影絵から連想した。

日本にはかつての城跡が多く存在する。草に埋もれ苔むした城壁の上の城跡は想像を駆り立てる。城が再建された時よりも、思い描いている時の方が好きだ。

できれば、焼け跡に足を運びかつての首里城を偲びたい。私の中の首里城はどんな姿で現れるだろうか。

この後も、世界遺産としては変わらないという新聞記事を読んだが、ほんとうの文化とは一人一人の心の中にあるものではなかろうか。

ゴールを駆け抜けた雄姿

思い出とは、思いを出すことである。思いがなければ、思い出は出来ない。

ずっと前に抱いた思いが、あるきっかけで思い出となって出てくる。

今年（二〇一九年）ディープインパクトが死んだ。その死によってさまざまな思いが噴き出した。彼が活躍していた二〇〇五〜〇六年頃、私は競馬に夢中だった。正しくは、ディープインパクトに夢中だった。昔から競馬がとりわけ好きなわけでも、詳しいわけでもなかった。

その頃、私はＪＫＡ（当時・日本自転車振興会）の会長をしていた。競輪のエッセイを書いたのが縁で運営委員として外部から意見を言ったりしているうちに、小泉内閣の改革で、経産省の天下りではなく外部から人を送る、それも女性がいいということで白羽の矢が立ったのだ。最も苦手な組織の長など、とんでもないと逃げまわったが、女性の長を増やすためにもと肚をすえて引き受けた。

実は、私は自転車に乗れないのだ。

三期六年の在任中、全国の競輪場を全てまわり、公営競技の中央競馬、地方競馬、ボートレース（競艇）等の会長と定期的に会合を持つ。

競輪の車券を買うことは法律で禁じられているので、もっぱら中央競馬に通うことになる。いい時代だった。不世出といわれるディープインパクトが、重賞レースをあらかた制覇し、私は毎回パドックへ行ってナマのディープに会った。

特別目立つ馬でもきれいな馬でもなかった。黒っぽい鹿毛（かげ）で三本の脚の先に白い靴下をはいている。さり気なく歩き興奮することもなかった。

私は、恋人を見つめるように彼を見つめた。初めて走る姿を見た時、武豊騎手を乗せて後方からスタートし、するすると前に移動し、風のように一気に他の馬を抜き去る。

「走るというよりまるで空を翔ぶようでした」

と武騎手は語っている。パドックを歩いている時の、多少冴えない姿が全く変身して、馬というより鳥のように翼をつけて舞い上がる。

その瞬間を見たくてどれくらい通ったか。絶頂期に海外遠征で凱旋門賞に参加した時は、パリまでついて行きたいと思ったものだ。追っかけである。

ところが全ての人々の期待は、ため息に変わった。一着にならなかっただけでなく、失格という憂き目にあった。彼にとっては初めてと言っていい大挫折。

馬の目は人間に似て物を言う。哀しみに満ちたその目を想像するだけで胸が痛んだ。
四、五歳の頃、軍人だった父を迎えに、毎朝馬がやってきた。長靴をはき、マントをひるがえして父が乗るまでの間、人参をやった。馬の目をよく知っていた。
帰国したディープは、引退して種牡馬になると決まり、最後の有馬記念で私は単勝一万円でディープだけを買った。その勇姿は難なくゴールを駆け抜けた。

私の目には、かつて北海道浦河の放牧場でただひとり草を食んでいたシンザンの姿が、ディープの晴れ姿に重なった。

〝集り散じて人は変れど〟

もともと人の集まる場所が苦手だ。

忘年会や新年会といった組織内の行事には、できれば出たくない。その意味では、今の若者の気持ちがわからなくはない。日頃仕事で顔つき合わせている上司や部下と、また忘年会や新年会で一緒になり、気を遣わねばならない。

今は強要されることは少ないだろうけれど、ビールや酒を注ぐのがいやで、私は知らん顔をしていた。私自身が酒が強かったので飲むのに忙しく、そっと他の器に飲まないままで移し替えることもあった。

頃合いを見はからってスマートに姿を消す。そんな男が魅力的だった。

私がNHKのアナウンサーだった頃は、宮田輝、高橋圭三という両雄が並び立っていた時代で、宮田さんの司会で、当時はやりの松尾和子のムード歌謡「誰よりも君を愛す」を私が歌ったりということがあった。

芸達者が多かったので、それなりに楽しくはあったが、私もトイレに立つふりをしてさっさと姿を消すのが得意だった。

今は個人的な集まり以外はあまり出かけない。ただ、二つの新年会を除いて。

一つは、もう四十年も続いている「話の特集」新年福引句会と、もう一つはNHK文化センターで続いている「下重暁子のエッセイ教室」の新年会である。

句会の方は、月一回、四十数年前から続いていて、長年の間にメンバーもずいぶん変わった。

〝集り散じて人は変れど〟

早稲田大学の校歌のように、さまざまな人が入れ替わり、最初からのメンバーは元「話の特集」編集長でこの句会の仕掛人の矢崎泰久氏一人になってしまった。

小沢昭一さんも、私をこの句会に連れていってくれた永六輔さんもすでに亡く、私と同い年の和田誠さんも昨年（二〇一九年）いなくなった。女では、大好きな岸田今日子さんが脳腫瘍で亡くなった。

NHKの頃から仕事でご一緒した山本直純さんも岩城宏之さんも、ひと頃は渥美清さんも来ていた。

冨士眞奈美さん、吉行和子さんもこの頃、姿を見せない。

今は常連として黒柳徹子、中山千夏、田村セツコ、矢吹申彦（のぶひこ）、平松尚樹の諸氏、松元ヒロ夫妻、そして私とつれあい等、夕食をともにしながら、作句よりお喋りに忙しい。

一月句会は福引句会で、一人五千円ぐらいの賞品を持参する。

「〇〇とかけて××と解く」そのこころは……と賞品を結びつけるのが、句を作るより難しい。

もう一つは、NHK文化センターの新年会。山形県鶴岡、栃木県日光、長野県上田、静岡県浜名湖など全国から集まっているので、年一回、つれあいが福引賞品を用意してねぎらう。

第一回から通ってくれている塾長をはじめとして、エッセイの他、メールで「あかつき句会」もやっている。

新人が入り、やめていく人もいるが、おかげさまで三年待ちや出もどりもＯＫだ。

〝来る者拒まず去る者は追わず〟。今年も淡々と過ぎていく。

この春の異常な不安

春が苦手である。なんとなく不安なのだ。柔らかい春の雲も、芽吹きのない枝の微かな揺れにも、心が動かされる。

特に今年（二〇二〇年）は新型コロナウイルスの蔓延により、どこで感染が発生しても不思議はない。しかもその不安は、停泊中の豪華クルーズ船に屋形船と、はっきりイメージできる形を持ってしまった。

例年なら春の不安はなんとなくで形がないのに、今年の不安は形を持っている。

もう一つはっきりこの目で眺めて不安になったものに、飛行機の機影がある。これまで飛行機といえば、白く長く尾を引く飛行機雲だったり、微かに聞こえるエンジン音に目を上げると、はるか上空を小さな物体が動くさまを見つけるぐらいだった。

それが今年は、はっきりくっきりと機影を刻みつつ目の前を横切っていく。

私の住むマンションは広尾にあるが、二年前、すぐ近くに仕事場のワンルームを借りた。広い公園をはさんで高層ビルが林立している。そのビルとビルの間に空が見える。

爆音はふいに右側からやってきた。仕事に一区切りがつくと、私は窓の外の風景に見とれる。樹々に囲まれた芝生の上に、家族連れが憩っている。子供たちの声がはじける。犬が石段を駆けのぼって飼い主の後を追いかける。

私がこの時間、ここにいることを誰も知らない。私の秘密基地だから家人にも教えない。

この自由さは誰にも売り渡したくない。それなのに突然の爆音に邪魔をされた。その犯人を見つけようと音のする右の空を見上げた。一番新しく建った細長い超高層ビルの横から急に機影が出現した。

そして次のビルまでの空間を一瞬飛んで、次の巨大な超高層ビルの陰に隠れた。私は思わずアッと叫ぶところだった。いつか見た風景にそっくりだったからだ。それはかつての9・11、ニューヨーク・マンハッタンの世界貿易センタービルに飛行機が突っ込んだ時と瓜二つだったからだ。

アメリカを、世界を大混乱に陥れたあの9・11のテロを、私は偶然にもその瞬間をテレビで見ていた。軽井沢のホテルの部屋で。その日軽井沢は珍しく台風のさなかにあり、私は持病の膀胱炎が悪化し大出血したので、山あいの山荘から馴染みのホテルに避難していたのだ。

一機が超高層ビルの横っ腹を直撃し、煙と炎で一瞬のうちに大惨事になった。何の説明もなく見たそのシーンは心に張りついたまま離れない。

四角い仕事場の窓から見ると、平面の絵としてはまるで同じだった。もちろんそんなはずはなく、何事もなく機影は次の空間に現れ、高度を下げていった。

私が自分の勘違いにほっとする間もなく、次の機影が右手に迫ってくる。そして次も、また次も。時間を計ってみると長くて二分、短くて一分。ひっきりなしに来る。渋谷、品川から羽田に着陸する新ルートの試験飛行だったのだ。私の形ある不安は、当分去りそうにない。

死に方は生き方である

三月十八日は母の命日である。

今年は三十三回忌にあたるので、法要を営むことにしていた。父の四十三回忌と合わせて行い、これで法要は最後にしたいと思った。

父母の親戚に連絡したら、全員が出席してくれるという。日頃つきあいのない家も、こういう機会に会っておきたいと思ったのだろう。みな思いは同じである。

私にしても、あまり親戚づきあいなどしない方だが、この機会に会っておきたいと考えたのだ。

寺は下重の墓のある文京区の光源寺。寺自体が親戚でもあるので、法要の後、ゆっくりみんなで話しあえるよう、古民家を建て直した庫裡に移り、落ち着いた部屋で料亭の仕出し弁当をとりながら、夕方まで過ごす計画を立てていた。

そこへこのコロナ騒動である。高齢者が多いことから、秋に延期することにした。みな残念がったが、いたしかたない。

母の命日、十八日は彼岸のさなかである。私とつれあいでいつものように墓参りに行くことにした。

花も桜や紫のミヤコワスレが好きだった母のために、親しい花屋に寄って自分で選ぶ。生前、暁子命とばかりに私にかまけていた母に、私は反抗の限りを尽くしたが、亡くなってみると、母の掌の上だったと知らされることが多かった。

母は雪深い上越で福祉に尽くした自分の母の生き方を尊敬し、「おばあちゃんと同じ日に死にたい」と口癖のように言っていた。脳こうそくで入院し、一週間で「暁子に迷惑をかけたくない」と言った通りあっけなく亡くなった。

葬儀用の写真を探しに実家に行った時、同行した叔母が言った。

「あら暁子さん、三月十八日、おばあちゃんと同じ日よ」

母は自分の口癖通りに逝った。死に方は生き方である。祖母のように死にたいとは祖母のように生きたいということ。もし母がいつもそれを願っていなければ、同じ日に死ぬことはなかったであろう。偶然ではない。彼女の強い意志があったからだ。常日頃からそれを願っていない人にはあり得ない。

さらに驚いたのは、一人暮らしの母のベッドを整えている時、枕元に固い手触りがあった。取り出してみると、短刀だった。備州長船の銘のある短刀は、母が実家から持参したのか、下重家に伝わるものか。私は短刀の存在すら知らなかったので驚いた。

なぜ母がそれを最期まで身につけていたのか。護身用だとすればかえって一人暮らしで泥棒に入られたら危険だし、たぶんそれを眺めることで自分の姿勢を正していたのではないか。明治の女は強い。

世の中のなべての事に耐えてきし
今さらわれに物おじもなし

趣味で作っていた母の辞世の歌である。母の葬儀は父が描いた母の肖像画を写真がわりに使い、白と紫の花で埋め尽くした。

大林監督が咲かせた花

「この空の花」という映画を見終わったところである。

「長岡花火物語」という副題のついたDVDは、先日亡くなった映画監督の大林宣彦さんからいただいたものである。

「世界中の爆弾が花火に変わったら、きっとこの世から戦争はなくなる」。3・11の後に作られ、大林監督の思いがぎっしり詰まった長い長い物語だ。

DVDは大林監督と対談した後に手渡された。当時、大林さんは八十二歳、私は八十三歳。同じ時代を生きた者として、戦争を知り、今を生きるために何をすべきかといった話をした。確か舞台のパンフレットか雑誌に掲載する対談だった。

NHK時代の友人から頼まれての仕事だったが、それ以前にもちろん映画も見ていたし、毎夏に行われる民放連での番組審査でご一緒したこともある。対談の時はすでに体調を崩されていたが、ふだん静かなのに熱っぽく語られた。

「この空の花」は、八月一日の長岡の大空襲と長岡の花火を重ね合わせた映画であり、それは長岡に模擬原爆が落とされる話から長崎と重なり、さらに3・11＝福島の原発へとつながっていく。

どうやって太平洋戦争を若い世代に伝えていったらいいか。大林さんの晩年の作品は全てそのことに費やされているといっていい。

その姿勢は年とともに加速度がつき、生きることの全てを捧げる祈りのようなものになっていった。

長岡の花火は、日本一の三尺玉が上がることでも有名である。八月二日と三日、3・11の年も、中越地震や豪雨災害の後も上げ続けられた。

それは単に観光用ではなく、大空襲をはじめ大災害で亡くなった人々の鎮魂と平和への祈りを込めた、特別な意味を持つ花火なのである。

かつてこの花火のテレビ中継のゲストとして出演したことがある。大島渚監督と私の二人。長岡市内の料理屋で浴衣に着替え、テレビ用の特等席で三尺玉を見ることができた。放送の前に私たちは花火師に会い、花火がいかに情熱を込め技術の限りを尽くして作られるか、そして危険を賭して打ち上げられるかを知った。

その時見た花火打ち上げ用の太い筒を「爆弾みたいだ」と思ったことを憶えている。大林作品でも花火を作る過程でそのことが述べられていた。

「ゆっくり咲いてしんなり消えてゆく」。映画の中で花火師の親方のセリフが印象的だった。私も花火が大好きだ。子供の頃、あの無数に散ったかけらはどこに行くのだろうと、花火の終わった後の河原をさまよったことがある。

信濃川にかかる長生橋(ちょうせいばし)は、かつてB29に追われて戦火に逃げまどった人々が渡った橋である。

長岡の花火でご一緒した大島監督は強烈な個性と反戦思想の持ち主だったが、大林監督は情緒的作品から始まって、死の直前に反戦と平和への祈りを作品に結実させた。人は死を前にして最もその人らしく個性的な花を咲かせるのだ。

会話の大切さを思う

昨年（二〇一九年）の十二月から月に一度、テレビの生番組に出ている。朝八時から九時五十分まで、フジテレビの「とくダネ！」である。司会者は小倉智昭さん。長寿番組だけあってその人柄が滲み出ている。

私の役割は、ゲストコメンテーターといったところだろうか。なにしろ生番組なので、五時半起きで六時に迎えが来て、お台場に六時十五分ぐらいに到着。ヘアメイクをして打ち合わせをすませ、すぐ本番である。

昔ＮＨＫでアナウンサーだったし、その後民放のキャスターを務めていたので、生番組は大好きだが、早起きが苦手だ。何を間違ったか、生まれたのが暁の頃だったので暁子という名前だが、その時刻に起きていたためしがない。夜は何時でも平気だが。

年を重ねると早起きになるという説があるが、人によって全く違う。五木寛之さんは相変わらず深夜に仕事をして、暁を過ぎて眠るというから、自分に合ったタイムテーブルで生きればいい。私は日頃は十時頃目覚めて、午前中は使い物にならず、午後から仕事をする。したがって昼、夜二食しか食べない。あとは座っている仕事だから、時々立ち上がっておやつを食べる。

朝五時半に起きるなんてもってのほか。気になって一睡もできないこともある。それでもスタジオに入ると、特に生放送の緊張感が好きでなんとか番組放送中はしゃんとしている。

ところがここへ来てコロナの襲撃である。最初は七十歳以上のゲストは出演できないという話もあったが、別室からなら可能だということで、急遽出演することになった。

最近はどの番組もMCとゲストが別々に出演する、いわゆるリモート出演が当たり前になってきた。MC二人が別々の場所にいたり、自宅や病院や他の場所からの出演が相次ぐ。私の場合は、お台場のフジテレビ内に小部屋が用意され、モニターとカメラとAD（アシスタントディレクター）がついて放送が始まった。

MCの小倉さん自身、高齢と病気をなさったこともあって自宅から。バックに本棚が映っている。

私の場合は殺風景な壁がバックになっている。モニターには一人一人区切られて人物が並び、発言する場合も話を向けられれば喋りやすいが、話題に途中で入ることができない。会話が成り立たないのだ。その上に、画像が乱れたり、音声がずれたり、遠い外国と中継をつないでいる感じなのだ。

つくづく人間は、お互いの顔を見て話すことでコミュニケーションを保っていると思う。その意味でコロナはさまざまなことを教えてくれた。

話の往来が自由にできないことほど、不便なことはない。

日頃、何気なく人と人とが話せることがどんなに大切か。コロナが終息したら、人との会話をもっと心を込めてしたいと思う。

隔靴掻痒（かっかそうよう）という言葉がある。靴の上からかゆいところをかくようにもどかしい感じが残るリモート体験であった。

水上勉さんの勘六山房

海抜二千メートルの高峰高原からの眺め。八ケ岳の頂上に雲が漂っている以外は快晴。梅雨というのに、晴れ女の面目躍如である。

小諸に住む友人の車で高原ホテルで昼食をとったあと、山頂から眺めた眺望の真ん中へまっすぐ下ってゆく。目的は勘六山。千曲川の赤い橋を渡り、布引観音や御牧乃湯を通り過ぎ、確か、このあたりの畑の中を右に上がったはずと、うろ覚えの地理をナビがなぞってくれる。

作家、水上勉さんが晩年を過ごされた場所を私は何度も訪れている。最初は佐久出身の作家、故井出孫六さんに連れてゆかれたのだ。

水上さんは一九一九年、福井の生まれだから生誕百年を過ぎたばかり。去年伺えなかったので、一日も早くお参りにと思っていた。

だが、突然の訪問で現在その家で暮らす娘の蕗子（ふきこ）さんが不在ということもある。その時は、家の外から手を合わせてと思って、勘六山の入口の坂道をのぼる。

通い馴れた道だ。めったに吠えない気の優しい雌の飼い犬がいつも出迎えてくれた。

水上さんは、この勘六山に軽井沢から移り住み、親しい人々を近くに住まわせた。ご自宅の隣には小川が流れ、竹紙をすく仕事場があった。骨壺（こつつぼ）などの焼き物を焼いた工房は、当時からいた角りわ子さんが独立して今も営んでいる。

自宅のまわりを親しい人々が囲んでいたが、北側の一角だけがまだ空いていた。

私とつれあいは、当時、軽井沢から小諸の間で、夏を過ごす家を探していたので、水上さんは隣が空いているとすすめて下さった。目の前に浅間がそびえ、

「月を見ながら酒を飲むのは旨いぞ！」

という話につれあいは大いに惹かれたようだ。井戸もご自宅から分けて下さるという。

私も浅間が大好きなので、その気になりかかったが、車の運転をしない私は一人での移

動が難しく、残念ながら諦めざるを得なかった。

そもそも不思議なご縁だった。岐阜県の下呂温泉へ講演に出かけた時、グリーン車の前の席に、水上さんと編集者が座っていた。ペンクラブの催しなどでご一緒したことがあったのでご挨拶をすると、高山へ取材旅行とのことで、私が先に失礼した。一泊し、翌朝下呂から乗るとまた、前の席に水上さんがいらっしゃるではないか。そこですっかり話が盛り上がり、勘六山へ伺うご縁が出来たのだった。

結局、交通の便を考え軽井沢で夏を過ごすことになった私たちは、ちょくちょく勘六山を訪れ、角りわ子さんや蕗子さんとお目にかかり、水上さんが亡くなった後も編集者と一緒に伺っていた。

久しぶりの訪問、竹紙の工房は閉まっていたが、勘六山房の窓に人影があった。蕗子さんだった。簡素な仏前に線香を手向ける。

足許近くまで竹が這っている。いつの間にか生えたのだ。障子の破れは、一時ハクビシンが住みついて出入りしたせいだろう。声を聞きつけて、りわ子さんが会いに来てくれた。

信じられぬ訃報相次ぐ

一緒に本を作っていたフリーの編集者が急死した。メールでその一報を見ても信じられない。本のおおまかな構成は出来上がり、私が〝はじめに〟と〝おわりに〟を書き終わって彼女に送ったところ、「明日、打ち合わせをしましょう」とすぐメールが来た。

ところが待てど暮らせど、翌日、翌々日と日を重ねても何の音沙汰もない。

そんなことは今まで一度もなかった。仕事の出来るしっかりした女性で、気にしながら日が経った。そこへ突然の訃報である。

週刊誌などにも連載の取材記事など書いて、現役バリバリの編集者。

「なぜ?」「どうして」に続いて、「また?」の想いがあった。

事故でもない。病院で亡くなった病死である。

このところ、私のまわりでは、直前まで元気だった人が突然亡くなる例が三つ続いた。持病があるわけでもない。日頃から体が弱かったわけでもない。男性一人、女性二人、五十代から七十代にかけてだが、歳を感じさせない爽やかな気持ちのいい人たちだった。

男性は、カンボジアの世界遺産プレアヴィヒア寺院を私たちに教えてくれ、一緒に岩山の上からの眺望を楽しんだ仲である。アンコールワットをはじめ遺跡をめぐり、かつてフランスの植民地だったおしゃれなラオスなど、ガイドを買って出てくれたのがその男性。帰国してからもその仲間で時々、食事をし、那須の自宅まで押しかけたこともある。

奥様の話だと発病して一週間、検査受診時は自分で車を運転して病院へ行ったほどなのに、一日一日ガクガクと悪化して亡くなった。何が起きたのか、ご本人が一番自覚出来ていないのではないか、奥様はまだ納得がいかない。

次が、私の歌の先生。東京芸大をはじめ、いくつかの大学で教え、二期会に属するオペラ歌手でもある。

東京芸大を出て、海外でオペレッタなどの舞台で活躍し、帰国後は、年一回はドイツリートなどのリサイタルを開く。大好きな歌の個人的なレッスンに加えて、私が詩の朗読をし、彼女が歌って芸術祭にも参加した。人柄が良く、いつもレッスン後はルンルンであった。

ご自宅でのコンサートや大学での授業など現役のままで、突然共通の友人から電話が入った。ここしばらく連絡していなかったが、信じられない。

この三人の死に共通しているのは、ガンと関連が認められること。男性は血液のガン、歌の先生は骨髄のガン、そして女性編集者は卵巣ガンの末期だったという。それにしても三人とも、一週間から一カ月も経たない間に急速に悪化して死に至る。こんなことが続くとは、どういうことなのだろう。時節柄、まず新型コロナウイルスが疑われるが、関連は三人ともないという。

ただ、直接の原因ではなくとも、他の病気の受診が遅れたり、入院がスムーズにいかなかったり、間接的な影響は考えられる。災害などには災害関連死があるが、コロナの関連死というものも増えているのではなかろうか。

わが心のベイルート

ベイルートへ通っていたのは第四次中東戦争の後だから一九七四年頃、つれあいがテレビ局の中東特派員だったので、休みが取れたり、海外取材に出た帰りなどに寄っていた。

まだ古き良き時代の面影のある「中東のパリ」と呼ばれる美しい街だった。海岸通りには往年の名画に登場した由緒あるホテルやしゃれたレストランが林立し、金銀細工や、フェニキア時代の繊細なガラスの古美術品が手に入った。

地中海に面した温暖な気候で、午前中にはレバノン杉のある山岳地帯でスキーをし、午後は地中海で泳ぎを楽しめる観光地であった。

レバシリ商人といわれるように、レバノンとシリアは古くからの商業国家。なかでもベイルートは中東の商業の中心であり、情報の集中する街なので、銀行・商社の支店や、各新聞やテレビ局などマスコミの支局がひしめいていたし、JAL（日本航空）も東京から飛んでいた。

NHK支局には、現ジャーナリストの木村太郎さんが赴任していた。

支局といっても局長兼小使いで、一人で働かなければならなかったが、その環境の素晴らしさは、見渡せば地中海、眼下には発着する飛行機が見え、プール付きのアパートメントの広さといったら、キッチンからリビングまで運動会の毎日だった。

つれあいも最初は「ミチコ」という日本食レストランのあるホテル「リビエラ」に滞在。ミチコさんは評論家石垣綾子さんの姪にあたる。もう一軒、日本人のお母さんのような女性、ヴァンさんのいる「日本レストラン」という店があって、特派員や商社マンたちの溜まり場になっていた。

一方でパレスチナ人のキャンプがレバノン南部には多く、毎日のようにイスラエルから国境を越えて爆撃が行われた。

キャンプ育ちのパレスチナゲリラの子供たちは五歳頃から銃を持ち、訓練に励む。キャンプの取材に加えて、当時アラファトが率いていたアル・ファタハ（パレスチナ解放機構＝PLOの主流穏健派）の広報役ゲリラの案内で、目隠しをされてシリア国境に近い灌木地帯に導かれ、軍事訓練をするゲリラ「黒い九月」（ミュンヘンオリンピックでテロを起こした）を取材させてもらったこともある。

帰り道、ローマ時代の遺跡バールベック近くで、南を指しながら「あの空の下がパレスチナ、私の故郷だ！」と言った案内役のゲリラ、リアドの眼を忘れない。

再び戦いが起こり、つれあいも命からがらキプロスに逃げ、古き良き時代のベイルートは崩壊した。

そして今度の大爆発。赤黒い煙、白い雲の渦巻くさまは原爆にも似ていた。つれあいの住んだアパートメントも爆風でどうなったか。混乱と内戦の国レバノンの行く末は？

かつて委任統治領として支配したフランスをはじめ、イスラエルまで復興を助けるというが……。

イギリスに移住した日本レストランのヴァンさんはこの春、爆発を知らずに亡くなった。

競馬と小沢昭一さん

今年（二〇二〇年）の秋の中央競馬は収穫が大きかった。

秋華賞の牝馬（ひんば）の三冠馬デアリングタクトに続いて、菊花賞の三冠馬コントレイル、そして秋の天皇賞ではアーモンドアイの何と八冠達成と続いた。

コロナで観客の歓声が聞こえない方が、馬も集中できるのだろうか。

私は競馬をこの目で見るのが好きで、春のオークス、ダービーに始まり、秋の天皇賞、ジャパンカップ、有馬記念と日本中央競馬会からご招待いただくので、必ず府中や中山に足を運ぶ。

なぜなら、私は日本自転車振興会の会長を三期六年務めたので、同じ公営競技である中央競馬の理事長とは、月に一度の会議で顔を合わせるうちにすっかり親しくなり、せっせと競馬を見に通った。

競輪は関係者の私がもし賭けたりしたら、即座にお縄である。だから競馬で勉強して興味をふくらませた。競輪の番組ゲストに武豊さんがよく登場したが、彼も競馬に賭けることは出来ず、競輪に勉強のため来ていたのかもしれない。

会長を辞してからは大手を振って競輪に賭けられるようになったが、習い性となり、競馬の方に足繁く通う。もっとも私は子供の頃のトラウマで自転車に乗れず、「自転車に乗れない自転車振興会会長」が売りでもあったのだ。

人間を見るより馬を見るのが楽しかったこともある。パドックをまわる馬を間近で見ると、一目で調子がわかる。なんとなく精気がなく下を向いて時々、涎(よだれ)を垂らすなどという本命馬は避ける。

馬体の色、艶、体重の増減、私はあまり前もって資料を調べたりせず、カンを研ぎ澄ませて馬を見つめる。

動物は人間より嘘をつかない。目を凝らしていると、その日の調子を秘かに語ってくれる。それで単勝なら、ほとんど当てられるようになった。3連単、3連複もまぐれでとることが出来た。

馬好きの有名人を誘って欲しいといわれて小沢昭一さんと何度かご一緒した。小沢さんは徹夜をしてまで研究するので、体に悪いからもう競馬はやめたと言っていたのだが、何回か来て下さった。だんだん無口になって何も言わなくなったら要注意。一度は百万単位で勝ったらしく「母ちゃんに大福買って帰ろ」と早々といなくなってしまった。結果を聞いた時は後の祭り。徹底してのめり込む人だったから楽しかった。

その頃、ディープインパクトが登場し、一見して格好がいいわけではないのに、走り出したとたん天馬になって翔ぶ姿に、私は惚れ惚れした。牝馬ではウオッカが大好きで、彼らは人間の勝手でさっさと引退させられ、多くの子孫を残した。

ディープインパクトの子供は千頭以上にのぼるといわれ、菊花賞の優勝馬コントレイルもその子供だ。すでに子供や孫の世代。人間も同じで小沢昭一さんはすでに亡く、

「長生きをすると友達がいなくなるよ」

という彼の言葉を嚙みしめている。

山崎ハコさんとの「縁」

テレビで久しぶりに山崎ハコさんを見た。「ザ・インタビュー」というBSの番組で、幻冬舎の石原正康さんがインタビュアーを務めていた。

ハコさんは以前から気にかかっていたシンガー・ソングライターだが、しばらく見かけなかった間、彼女につらくあたった事務所が倒産し、ついに住むところもなくなって中華料理店で働いていたという。

偶然その店に来た俳優で演出家の渡辺えりさんに救われた。歌の暗さを地で行くような人生だった。

彼女にしか生み出せない胸を刺す言葉とメロディに私は魅了された。ファンだったが、消えてしまったのが不思議だった。

その後、再び歌い始め、昔の輝きを取りもどしつつあったが、本物の彼女は決して暗い人ではない。人生に忠実で懸命に生きている姿勢が好きだ。

そのハコさんとは、今は北海道に移った「ル・ゴロワ」というフランス料理屋で、三國連太郎さんの奥さんを励ます会で初めて会った。

テーブルをはさんで私の前に座っている人の名札が「山崎」だった。ひょっとしてと思って、

「ハコさん？」

と声をかけたところから縁（えにし）が始まった。「縁」は彼女のヒット曲の名前でもある。

一年前に亡くなった句友の声優、白石冬美さんがハコさんと仲良しだったこともあって、必ず年に一回はハコさんのリサイタルに一緒に行くようになった。

舞台の彼女のそばには、いつもギターの名手がいた。井上陽水さんのギタリストとして知られた安田裕美さんと結婚して、ハコさんもこれから自分の才能を存分に伸ばすことができると安心したのも束の間、大腸ガンと闘っていた安田さんが、今年（二〇二〇年）七月に亡くなってしまった。

ハコさんを包み込んでくれる温かさを感じていたのに……。

今年はコロナもあってリサイタルを開くことができなかったが、どうしているのかと気が気ではなかった。

テレビで見たハコさんは、生い立ちのストーリーを語り、ヒット曲を次々と歌う。五木寛之原作の映画「青春の門」のために作った「織江の唄」など、歌うにつれて本来の声が出てきて、最後ははじけるように歌い上げた。

よかった！　元気だった。彼女なら大丈夫。

番組の終わるのを待って、すぐ電話をした。最初は話し中だったが、すぐつながって久々に話をすることができた。

八カ月も歌っていなかったから、声が出るかどうか不安だったというが、以前より心に沁みる歌が歌えるようになっていた。特に弱音に秘めた思いが胸を打つ。

「毎日泣いてました……」

安田さんが亡くなってからの日々、どんなにつらかったか。

「約束したんです。絶対死なないって」

歌い続けるという約束を陰ながら応援したい。

これも大切な「縁」なのだ。

「時」を抱きしめる

毎年のことだが、年末年始のテレビはほとんどが特番になる。二時間〜四時間ぶち抜きの芸能番組が多く、日常のニュースや報道番組はほとんどなくなる。ということは、私などは見る番組がなくなってしまう。

こんな時こそ腰をすえて取材・編集したニュースや情報番組があれば、見る人も多くなるのではないか。あるいは日常番組で工夫した方がいい気もするのだが。

そうした中で、一月三日のNHK Eテレの「日曜美術館」は、時間帯こそ違え、見ごたえがあった。出演者もそれぞれ感性溢れる発言のできる人々だった。

番組で推薦されたさまざまな分野の美術の中で、とりわけ印象に残ったのが、河原温の作品。時を数字として刻んでいく絵画である。

過ぎていく時を刻みつけるその作品には記憶がある。

今から四十年ほど前になるが、映画監督の伊丹十三さんのテレビ番組にゲスト出演した。

「今日はあなたに時計になっていただきます」

情け容赦なく「○時○分になります」「ピッピッポーン」「○時○分になります」「ピッピッポーン」、これを無機質に私の声で積み上げていくのだ。

あの伊丹さんのことだから、ただではすまないと覚悟して行ったのだが、ほんとうに時計がわりになるとは……。

その間にも時は過ぎる。私は私の声でそれを刻みつけていく。

一段落したところで、伊丹さんから紹介されたのが河原温の作品であった。当時はまだ存命中で、真面目に毎日、時を描き続けている最中だった。

面白い試みとは思ったが、その大切さには、まだ気付いてはいなかった。なぜ伊丹さんが私に苛酷な仕事を命じたのかにも。

時は流れ、さまざまな事件が起きた。阪神大震災（1・17）、アメリカ同時多発テロ（9・11）など、その「時刻」が持つ意味が切実さを増した。河原温の絵画の奥深さによようやく気がついていった。

そして3・11が起き、あの津波と破壊された原発の生々しさを見るに及んで、その絵画の持つ重大な意味に思いいたったのだった。

そして今年二〇二一年を迎えたのだが、考えてみると二〇二〇年はあって無きがごとき一年だった。

オリンピックは一年延期になったが、全てのロゴは二〇二〇年のままだというように一年飛び越してしまった気がする。

言うまでもないコロナが席捲した一年。自分自身とつきあうことに必死になっているうちに新しい年になっていた。

河原温さんが生きていたら、この一年をどう記すだろうか。

伊丹十三さんは、映画監督や俳優として、どう受け止めただろうか。

そして私は、あの時計になり切って無機質に「○時○分になります。ピッピッポーン」と時を刻んだ日々を、もはや戻ることのない時の大切さを、噛みしめている。

墓めぐりはたのし

文京区にある浄土宗の光源寺に墓参りに行った。下重の代々の墓があるので、春秋の彼岸には必ず訪れる。

本堂前の桜の大木が満開であった。墓前に植えたどうだんつつじが、白い可憐な房をつけている。

私は墓地が好きなのだ。知らない人々の墓を眺めて、名前を確かめているうちに近しい知人に思えて懐かしさが溢れてくる。どこかですれ違っているかもしれない……。いやこれからすれ違うかもと思うと、みんなに掌を合わせたくなる。

散歩中、麻布十番の長い階段をのぼり切った先の寺で表に名前のない墓を見かけ、裏にまわってよく見たら、二・二六事件で処刑された人々の墓だった。鍋島家が建てた寺だとか。私は二・二六の年に生まれ、父も軍人で縁があったことから、深く頭を垂れた。複雑な思いだった。あの年が転機になって日本では軍部が台頭し、戦争への道を歩み始めたのだから。

つれあいの家の墓は多磨霊園にある。近くには歴史上の人物やら有名人の墓が多く、見つけて歩くのが楽しい。ここの桜は丈(たけ)も高く見事なものが多い。「桜の樹の下には屍体が埋まっている」といった梶井基次郎の言葉がうなずける。

つれあいの家の墓から二本ほど奥に入った角の入口に、四角い平らな石で囲われた、シンプルでしゃれた墓がある。身をかがめて刻まれた名を追うと岸田家の墓で、岸田國士をはじめ、岸田衿子、岸田今日子という名を見つけた。

衿子さんとは軽井沢で、今日子さんとは句会の席で、よく会った。

「木馬を買わない?」と今日子さんに言われて、岩手の山奥で手づくりされた漆塗りの見事な木馬を買った。仕事に疲れるとその上に乗ってしばらく揺られている。目には見えないけれど、今も、今日子さんは時々あの世で愛用の木馬に乗っているだろう。その姿が私には見える。

墓地は死者との懐かしい思い出の場である。それが知っている人でも知らない人でも。外国でも時間があると墓地に出かける。例えばパリならモンパルナスやモンマルトルの墓地。

モンパルナスには知人の画家が眠っている。生前自らデザインした、抽象的な金属の飾りが一つついただけの墓。すぐ横にはサルトルそしてその隣はボーボワールの墓。

ペール・ラシェーズ墓地は坂が多く、ショパンの墓を探そうとしてもなかなか見つからなかった。

いちおう案内図はあるのだが、死者はかくれんぼが好きと見えてなかなか見つかってくれない。

歩き疲れて、花束が沢山（たくさん）重ねられ、朽ちかけている縁石のふちにかがんだら、それがショパンの墓であった。

日本では仏教の教えに一番近いのが自然葬なのか、樹木葬やら海に散骨するやら、最近では星空に宇宙葬として打ち上げるなどさまざまな形がある。弔いを生者と死者との間をつなぐためのものと考えると、墓はその目印。あった方が便利かもしれない。

別れで知る出会いへの感謝

別れの季節である。出会いはこれから始まる期待があるが、別れはそこはかとない哀惜がある。

テレビ番組も三月で終わるものがいくつかあって、長年馴染んだものも消えていった。私に縁のあるもので言えば、フジテレビの「とくダネ!」は、朝五時半起きで、朝に弱い私は月一回のコメンテーターも必死だった。

TBSの「爆報! THEフライデー」は金曜日の夜七時、もちろんスタジオ収録で、バラエティに縁のない私だが、年に一回、夏に軽井沢の私の山荘に同じスタッフがやってきて、暖炉で薪をあかあかと燃やし、そこでインタビューをする。もちろんスタジオでお笑いのタレントさんたちとも一緒になり、その凄まじいまでの切磋琢磨ぶりを目にする面白さもあった。

さまざまな人生を紹介する人生讃歌の面もあり、私が司会の爆笑問題のファンだったこともあって引き受けていた。女性のプロデューサーと男性のディレクターをはじめ、スタッフの雰囲気が良く、ボーイスカウトの腕を生かしたディレクターによる薪の組み方が見事だった。

今年はコロナで会えなかったのが残念だったが、終わるにあたって、プロデューサーから数枚もの心温まる自筆の封書をいただいた。桜の花弁の散る、気を遣った美しい便箋、ほんとうに嬉しかった。

テレビ業界は、「こんちは、さよなら」のその場限りのつきあいが多い中で、また必ずどこかでと思う。

「とくダネ！」からも、こちらは関係者に出すための印刷ではあるが、司会者の小倉智昭さんの人柄が滲み出る文面だった。

二十二年もの間、毎日三時起きで、八時から十時までの生番組を仕切ることのたいへんさは、かつて放送界でキャスターを務めたこともある私にはよくわかる。小倉さんも途中体を壊し、手術をして番組を休んだこともあった。

そして最後の日、三月二十六日の「とくダネ！」は、私の三月の担当は3・11だったので出番はないが、家で八時からずっとテレビの前に座っていた。

そして、九時五十分近く、別れの時が近づいていた。小倉さんははたして何と言って締めくくるのだろうか。

正確ではないかもしれないが、私の記憶では朝、フジテレビに向かう車の中から見た徐々に明るくなる朝焼けの美しさと、フジテレビ屋上の球形のシンボルをカメラに収めようとしたが、どうしても写らなかった……という小倉さんの言葉から万感の想いが伝わって来た。

飾らない人柄とどこか素朴な匂いを残し、いたずらっ子のような純朴な目、小倉智昭という人がいたから二十二年もの間、続いたのだ。結局、番組は知識でも情報でもなく、人そのものなのだ。

短い間だったが、ご一緒できてよかったと思う。
沢山の番組が変わり、司会者やレギュラー出演者交代が告げられた。几帳面にお礼をスタッフや視聴者に言うだけの人が多い中で、小倉さんの挨拶が心に残った別れの季節であった。

十年前のあの日のこと

三・一一神はゐないかとても小さい
（照井翠『龍宮』より）

二月十三日午後十一時七分頃、地震が起きた。東京では緊急地震速報が鳴って間もなく、揺れ始めた。テレビでＴＢＳの「ニュースキャスター」を見ていた最中で、まず、つれあいを起こし、玄関を開け、頑丈な机の下にうずくまった。

長かった。十年前のあの日と同じように長い横揺れがゆっくりと大きく、船酔いしそうな感覚。福島県沖の震源は五十五キロと深かったため、津波はまぬがれた。

誰もがあの日を思い起こしただろう。間もなく十年。気象庁の発表では、3・11の余震だという。十年経ってまだマグニチュード7・3の余震が起きる。なんとしつこく恐ろしいことか。それだけマグニチュード9・0の十年前の地震が稀に見る激しさだったかがわかる。

阪神・淡路大震災も7・3だったというから、今回の余震の大きさも想像できる。十年前を経験した東北の人々はいかに肝を冷やしたことだろう。

福島・宮城などは震度六強や六弱の揺れに見舞われた。石巻の知人は、物が落ちたり倒れたりはしても大きな被害はなかったというが、精神的なショックに苛(さいな)まれたそうだ。

せっかく収まりかけた心の傷の蓋が再び開いてしまったのだろうか。

しかもまだ余震は続くという。自然の一員として、私たち人間は感覚を磨いておかなければいけないと思う。

気仙沼の様子がテレビに映った。3・11の夜は火の海だった。震災後、せめてもの義援金を持って知己である市長に面会した。私が会長を務める日本旅行作家協会の面々と一緒である。

市長の家も流され、母上を火の海から救い出すのがやっとだったとか。道沿いに、外側だけになった半ばもぬけの殻の家々が並び、巨大な船が横倒しになっていた。

実はとても気を遣ったのだ。私たちが行くことは物見遊山ととられるのではないかと。しかし市長はきっぱりと言った。

「それでもいいのです。ともかく来て見ていただきたい。忘れられることが一番悲しい」

ほっとした。現場を見ること、そして感じることが何より大切なのだ。

魚市場のあったあたりには、個人で獲った魚を売る人々がいた。みんな競って買った。その一人が何気なく言った。

「何か魚を入れる袋がありますか?」

「何もないです。みんななくなりました」

私たちは絶句した。経験した人とそうでない人の差を噛みしめた。

駅のトイレには「水は最小限流して下さい」。被災地の現実は厳しい。

十年経っても復興の歩みは遅い。今回、旅館やレストランなどでは食器が割れ、コロナ禍の中、やっとオープンしたのに閉鎖せざるを得ない所もあるという。

ふと部屋の壁を見ると、油絵が趣味の父が描いた、母の肖像が大きくずれていた。

死をさり気なく受け流す

死がひたひたと近づいてくる。

そう感じるのは、間違いなくコロナのせいである。大体、おめでたくできているので、未来のことには楽観的である。

なるようにしかならないという諦観がどこかにあって、まあ、明日死んでも仕方ないかと思っている。大木や家の大黒柱に体を縛りつけて、いやだいやだと言ってみても、その時が来れば、連れてゆかれる。

どんなにお金をかけて警護を固めても、帝が多くの将兵を派遣しても、かぐや姫はあの月の美しい夜に天上にもどった。

叔母は、叔父の死後一人で最後まで仕事を続けた美しい人であったが、スーパームーンと呼ばれる九月の満月の日に息を引きとった。

まことにその人に相応しく、彼女はたぶん、竹取物語の主人公であったと思った。

こういう死に方ならいいが、昨年コロナが流行り出してから、あっという間に亡くなる突然死が次々とまわりに発生した。

どうもおかしい。一人で死のうと、人々に囲まれようと寿命をまっとうして死んだならいいのだが、無理矢理奪われるのは釈然としない。

そこで私の考える死とは何なのか、少し真面目に考えてみることにした。

この世に思い残すことなく旅立つのも潔いが、少しばかりこの世に未練を残していくのも悪くはない、などと思ってみたり。

そこへ『在宅ひとり死のススメ』という本が送られてきた。

『おひとりさまの老後』シリーズの最新刊で、著者は上野千鶴子さんである。

「在宅ひとり死」とは上野さんの専売特許の言葉。「孤独死」などというめそめそした表現でなく、媚のある言葉でないところがいかにも上野さんらしい。

家族に囲まれ、「おじいちゃん、おじいちゃん」ととりすがる孫に、死を前にした本人が、

「ウルサイ！」

とどなった話など笑える。

誰にもやってくる死を、さり気なく受け流すために、たまたま私も『明日死んでもいいための44のレッスン』(幻冬舎新書)を上梓したばかりであった。

人は生きてきたようにしか死なない。死ぬ時だけいい子になろうったって無理なのだ。

この年齢まで積み重ねてきたものが結果として出るだけであって、棺を蓋う時が一番、その人らしく個性的であるのだ。

意識したって駄目で、『一切なりゆき』の樹木希林さんのようにはなかなかいかない。

そこで思いつくままに明日、私が死んでもいいと思えるための下準備として、私が実際にやっている44のレッスンを連ねてみた。

結局のところは、

「死ぬる時節には死ぬがよく候」という良寛さんの言葉に落ち着いた。私の寿命は明日かもしれないし、明後日いや一年後、十年後?

「死ぬ時は死ぬがよろし」

それが大切な心がけ。レッスンはここで締めくくった。

第2章

夢中になるということ

――さまざまな生き方

夢中になれることの幸せ

〝にわか〟ではない。筋金入りのラグビーファンである。高校生の時から花園ラグビー場に出かけていた。父の仕事の都合で、大阪にいて大手前高校という受験校に通っていたが、ラグビーは一年上に一人強い選手がいて、応援するのが息抜きになっていた。なにしろ東大、京大に進学が当たり前のような学校だったので。

彼の名前は忘れたが、顔は今でもすぐ浮かんでくる。早稲田大学に入りラグビーで活躍する矢先に、訃報が伝えられた。病気だったのか、事故だったのか……。

そのことがあって、私は早大に入ってからも時々秩父宮ラグビー場で早明戦などを見ていた。放送界に就職してからは、しばらく途切れていたが、かの明大のレジェンド、北島忠治監督に仕事でインタビューしたのをきっかけに復活した。「前へ前へ」という北島精神で、なかなか早大も勝てなかった。

「ラグビーを見に行きませんか。十二月最初の日曜、国立競技場の早明戦です」

活字の仕事が中心になった頃、知人の娘さんから誘われたのがきっかけだった。彼女も早稲田出身で、つれあいは早大応援部の団長、彼女はマネージャーだった。家族ぐるみのつきあいで、毎年ラグビー早明戦を十二月に見に行くのが年中行事になった。帽子、セーター、手袋、ワセダカラーの臙脂（えんじ）色をどこかに身につけ、神宮外苑の銀杏並木の黄金色の落葉を踏みしめて帰る。

その一家に息子が生まれ娘が生まれ、子供の時から一緒にラグビーを見て、息子はすでに明大に入った。

早稲田の黄金期で、見た試合では負けたことがなかった。「行け！」。私も絶叫する。ぶつかる、組む、奪う、走る。全力を賭けた戦いの後は、爽やかさしか残っていない。

今回のワールドカップでも、体力と知力を出し尽くした選手たちの明るさ。サッカーファンには叱られそうだが、脚だけではどこか欲求不満がありはしないか。

一番印象に残ったのが、清宮克幸監督の下に五郎丸歩選手がいた早大ラグビー部。彼らが学生の現役時代から見ているのが自慢だ。

今回のラグビー人気は、四年前のワールドカップで南アフリカに勝ったことが下敷きにある。一躍有名になったのが五郎丸選手のあのポーズ。ボールを蹴る前の両手指を合わせた祈るような一瞬！　たくましい背中を丸めると赤子のように愛らしく、誰もが真似したくなった。

それに加えて涼やかな目元に爽やかな身のこなし。学生の時から見続けてきたことが誇らしかった。選手ではなく解説やナビゲーターではあったが、その印象は変わらない。

誰かのファンになることは幸せなことだ。オペラでも、歌舞伎でも、私は好きな歌手や俳優を見つけて、追っかけになる。実際に追っかける暇はないが、夢中になればそれぐらいするのが、ときめく条件だ。

今回のワールドカップの日本メンバーのなんと個性的なことか。敗れはしたがオールブラックスの目を見張るかっこよさ。誰を追っかけるか迷ってしまう。

猫の耳は何を聞く？

猫の耳を見ていると、切符切りでパチンとやりたくなる——

と言ったのは、梶井基次郎だったか。

切符切りといっても、今の自動改札やカードに馴れた人にはわからないだろうが、かつては、改札口で差し出された切符に駅員さんが一枚一枚パチンと穴を開けていた。

猫の耳は薄くて陽が透けて見える。細い血管がはっきり見える。

猫といつも一緒に暮らしていた頃、猫の耳を見て飽きることがなかった。

一九七七年の春から秋への半年間、エジプトに住んだ時の幸せだったこと！　街にも野にも遺跡にも猫が溢れていた。私のいた八階建てのアパートメントの階段にも一家族が住みついていた。誰か飼っているわけでもなく、ごく当たり前に猫は人間と共存していた。

歴史は、ピラミッドが造られたファラオの時代にさかのぼる。歴代の王たちは猫を神と崇め、宝石の首輪をかけ、大切に扱っていた。アビシニアン種に近い、顔が小さく耳が大きく、細身で短毛の野性味たっぷりの猫。私は、ハーン・エル・ハリリの古美術店で青銅の猫を手に入れて今もピアノの上に飾っている。

その店では、最初は見るからに偽物が出てきて、こちらの目きき具合を見定めたのちに、奥から真綿にくるんだ本物が出てくるのだった。

暇があると私はカイロ博物館に出かけて行き、青銅の猫を眺めた。一室、二室、三室……いやその先にも青銅の猫だけが居た。全てポーズも大きさも違い、ぶどう酒を飲んでいたり、二匹が組んで踊っていたり。

そのうちに、地下に多くのミイラ室があることに気付いた。歴代の王たちのかつては色鮮やかだったであろう棺と、茶色くなった布で巻かれた王のミイラ。そばに赤子より小ぶりな棺があり、小さな五十センチほどの棒状のミイラがある。

顔から下をほうたい状にぐるぐる巻きにされた小さいミイラは猫のものであった。

ファラオが崇め、いつも愛でていた猫が死んだ時、彩色された棺に入れられたのは、布で巻いた猫であった。殉死というケースもあったかもしれない。不思議なことに耳だけが生きていた。薄い二つの耳は、生きていた頃そのままの大きさで固まっていた。

耳だけが突き出た棒状の茶色い猫のミイラは異様であった。私はその耳に魅了されて来る日も来る日も博物館に通った。沢山の猫のミイラに出会ったが、どれもこれも耳だけが突き出ていた。

耳は最後まで生きているとは臨死体験のある何人かから聞いた話である。猫の耳は何を聞いているのか。

砂漠には風が棲んでいる。はるか彼方から、砂を巻き上げながら、いつも〝さわさわ〟と優しい風が吹いてくる。〝サワサワ〟とは一緒にという意味のアラビア語である。

エジプトの猫は死んでミイラになっても、耳だけは生きて今も砂漠の風を聴いているのだ。

カラヤンと野際陽子さんと

日曜日のNHK Eテレの午後九時からは、私にとって必見必聴である。というのは「クラシック音楽館」という番組で、九時〜十一時までクラシック音楽を堪能出来る。N響首席指揮者をはじめ、ウィーンフィル、ベルリンフィルの名演奏を聞ける唯一の時間である。

十二月十五日は、モーツァルトのレクイエムなどの後、クラシック倶楽部は没後三十年のカラヤン指揮のベルリンフィルによるベートーヴェンの「運命」の一部の演奏であった。しかも、一九五七年のものだというから脂の乗り切った時期である。一九五四年に初来日し、一九五九年にウィーンフィルを率いて世界をまわる途中、日本でも演奏会を開いた。

当時私は大学を出てNHKにアナウンサーとして入局、すぐ名古屋に転勤していた。一年先輩の野際陽子さん（女優）がすでに赴任していて、女性アナは二人、カラヤンの演奏会が鶴舞の公会堂で開かれることは知っていたが、仕事としてその前説(まえせつ)は野際さんがやることに決まっていた。私の仕事ではなかったが、プロデューサーに頼み込んで楽屋で聞かせてもらうことにした。

NHKにいて一番ありがたかったのが、大好きなクラシックの名演奏を仕事で、あるいは録音室にまぎれ込んでタダで聞けることだった。

イタリアオペラの来日時、幻のテナーといわれるマリオ・デル・モナコの「道化師」やジュリエッタ・シミオナートの「アイーダ」のアムネリスをナマで聞くことが出来たばかりか、ゲネプロから立ち会い、幕間では藤原義江さんにインタビューした。「モナコは歌はもちろんだが脚がいい。オペラ歌手は脚がきれいでなくちゃ」の言葉を忘れない。

舞台の傍で演奏を終えたカラヤンを拍手で迎えた。演奏中は彼の端正な顔をうっとり見続けていた。陶酔した表情で棒を小刻みに振ったかと思うと、高く大きく振りあげる全てを包み込む腕、それが実に正確なのだ。

真紅のバラの花束を手にしたカラヤンが入って来た。

野際さんと私が横に並んで出迎えると、ふと歩みを止め、バラの花束から二本抜きとって、野際さんと私の胸に。こんなキザなことがぴったり似合う人はめったにいない。

私たちは何が起きたのかさえわからずポーッとして彼の後ろ姿を見送っていた。

やがてアンコールに応え、モデル出身の美しい新妻の元へ近寄っていくのを見送った。

その後どうやって寮までもどったのか。

その時、カラヤンの振った曲は何だったのか全く憶えていない。

名古屋の独身寮の三階、四畳半の窓辺の机の上に、真紅のバラは枯れてもまだ花弁の朽ちるまで飾られていた。

後年ザルツブルクのカラヤン記念館で、ぎっしり積み上げられた楽譜の中に一九五九年のものを見つけた。

あの時の曲は何だったのだろう。

床に愛用の自転車が一台。これに乗って練習場やホールへ通ったという。

黒川能と雪芝居

山形県の庄内に惚れて通っていたことがある。今から十五年ぐらい前まで、それも極寒の時期である。

二月一日と二日は鶴岡市の櫛引町に五百年以上伝わる伝統芸能、黒川能が春日神社で行われる。八年近く通っただろうか。一月も半ばになると無性にあの「トートトトトート」という幼児の舞う大地踏（だいちふみ）の拍子と、庄内弁で語られる意味のわからない能の文句が、耳元で鳴り出す。

結局、いつもの朝日新聞の論説委員だった男性や写真家の仲間を誘って、新潟で新幹線を乗り換え、羽越線の窓から砕け散る北国の波しぶきを見ながら庄内に向かっているのだ。

ある時、どうしても二月一日・二日が仕事で外せないため、それでも雪の庄内に行きたくて、二月十五日の黒森歌舞伎に切り換えた。

初めての黒森歌舞伎は、酒田の神社に伝わる素朴な農村歌舞伎である。

黒川能は、櫛引の土地の人々が中心となり一年もかけて準備される。当屋というその年の当番の家には、祖父から代々、孫や曾孫まで男たちがそろっていなければならない。やっとのことで見物できる愛好家たちの熱気で身動きもできず、古い民家で舞台を囲む。

黒川能の舞台は室内だから大雪でも寒いということはないが、黒森歌舞伎の方は、吹雪であろうと神社の境内、吹きっさらしの野外で行われる。着込めるだけ着て、あちこちにホッカイロを貼り、舞台の前の桟敷席に座る。といっても境内をいくつかに区切っただけの空間に、仲間で席をとり、座布団はもちろん、毛布をかぶって観劇する。

最初は土地の小学生たちが演じる「白浪五人男」。一人一人見えを切る。その間も容赦なく雪が吹きつける。始まる前は、雪の切れ間から青空ものぞいていて、しめしめと思ったのも束の間、北国の天気は変わりやすい。

酒田に住んでいる知人が、岡持ちにぎっしり料理を詰め込んで運んでくれた。もともと土地の人々は自分で料理を作って寒風の中でお互いに分け合い、酒酌みかわして歌舞伎を見る。

日本には、今も方々にさまざまな農村歌舞伎が残っているが、こんな厳冬期に外でやるものはほとんどない。どうしてこんな時期になったのか。農閑期の楽しみであり、神社の祭礼をかねて、決められたものなのだろうが。

次の幕が開いた。演目が舞台の隅に書かれているが、降る雪が邪魔をして見えない。いっそう激しく降り出した雪は舞台を斜めに走る。その雪すだれの向こうで演じられているもの……まるで夢の世界である。「雪芝居」と呼ばれるのもうなずける。雪や風の自然と一体になって見る歌舞伎は風流で、寒さも忘れさせてくれる。

屋台も出て、人々が多くなってきたところで小休止。神社の裏にまわって、いろりにあたり、神主さんに挨拶をする。酒瓶を手に「まあまあ」とすすめる神主の鼻は、酒呑童子のようにすでにまっ赤であった。

山田太一さんの「想い出作り。」

子供たちの学校がすでに始まったところもあれば、コロナでまだ先の見えないところもある。

卒業式も入学式も修学旅行も中止か延期になって、がっかりした子供も多いだろう。

いや子供より親の方が多いかもしれない。

そんな子供たちにテレビ局がマイクを向けていた。

「友達に会えなくて淋しい」

「修学旅行や学校生活で想い出が作れない」

私はその言葉に立ち止まった。

「想い出が作れない」。今の子供たちもそう思うのだろうか。

今から四十年ほど前、「想い出づくり。」という山田太一脚本のドラマがあった。TBSの金曜ドラマで人気だったその題名に、私は思わず唸った。さすが山田太一さん。「岸辺のアルバム」などで日常に隠れた心の機微を描き出す手腕はさすがだった。

早稲田大学の教育学部国語国文学科で、寺山修司と同級生で親友だった。学部も学科も私と全く同じ先輩であることが誇らしかった。

「想い出づくり。」とは、若い女性たちが結婚前に自分だけの秘密の想い出を作り、やがて結婚という現実生活にもどっていくという物語で、その想い出とは恋愛であり、海外旅行であった。

「想い出づくり。」の原案は、拙著『ゆれる24歳』である。TBSドラマのプロデューサー大山勝美さんから、原案として参考にさせて欲しいと頼まれたのだ。

そのドラマがオンエアになったとき、私はその題名の見事さにうずくまってしまった。ショックだった。

「想い出を作りたい」とは、拙著に登場する若い女性たちの常套句だった。私にはそれがとても不思議なことに思えた。想い出とはわざわざ作るものではなくて、結果として残るものだと私は思う。

ところが当時、結婚適齢期にある女性たちにとって結婚は現実であり、それは一種の束縛であり自由には生きられないことを意味した。だからその前に自分が自分として生きた想い出を作って、それを反芻しながら生きていくという。私にはとても奇妙だった。

それを題名に据えた山田太一さんの見事さ！　私は実際にその言葉を何回も聞きながら、気にはなったが題名とは思いつかなかった。

「想い出が作れない」

その言葉を四半世紀過ぎて久しぶりに聞いたのだ。さまざまな行事や催しが中止になって、特別な日がなくなるのは淋しい。

その気持ちはわかるけれど、想い出とは特別の行事や催しの中にあるのではない。何気ない日常の中でその人が何を感じ、何を想ったか。その積み重ねの中にある。誰かが作ってくれるものではなく、ましてや楽しいこととは限らない。

たとえばコロナでいやおうなく外出自粛を強いられるさなか、日頃見過ごしている自分を知る。

私は「自分を掘る」と言っているが、心の奥深く潜んでいる想いに気付くことが、自分を支える想い出となるのである。

熱狂の「黒いオルフェ」

ブラジルは爆発的な新型コロナウイルスの感染で、一日あたり死亡者がアメリカを抜いて一位になった日もある。

特にサンパウロのファベイラでの感染率が高い。

通称ファベイラというブラジルのスラムは、大都市の高地に階段状に建っている。普通は高級住宅街が高台にあるのだが、なぜかブラジルでは貧しい層の人々が占拠している。

私は以前、リオ・デ・ジャネイロのファベイラを通り抜けたことがある。真夏の午後だったせいで人はまばらだったが、あちこちで子供たちの声がひっきりなしにしていた。

人口密集地帯だけに、その発するエネルギーというか、熱気はすさまじいものがあった。この混沌の中から、時としてスポーツのスターが出たり、リオのカーニバルなどでもっとも盛り上がる演目が生まれたりする。

私が訪れたのは、世界で働く日本人を取材するテレビ番組で、パイナップル栽培を指導する男性の暮らしを一週間近く追うためだった。運よくリオのカーニバルが行われている最中で、夜になると私たちもメイン通りの席を確保することができた。両側にそそり立つ人の壁！

毎年死者が出るともいうが、通りをへだてた向かいの人の壁を見て納得がいった。群衆が押しかけて、上へ上へとよじのぼっていく。時折、その一番上から落ちる人が群衆に押しつぶされることもあるとか。

もう一つの発見は、日本の阿波踊りのように切れ目なく次々と連（れん）が続くのではなく、一つの華やかな団体が通り過ぎるとしばらく間が空くことだ。そして、彼方に微かにサンバの音と人影を認めたと思うと、徐々にそれが大きくなり、目の前を通り過ぎていく。

その興奮と静寂のくり返しが、いかにもドラマチックであった。

中でも、ファベイラの人々が一年かけて準備した演目は素晴らしく、先頭を切って派手に手脚を動かして迫ってくる黒人女性が目立った。よく見ると、彼女の手脚は極端に短いのだった。体が不自由だろうと、教育がなかろうとカーニバルにかける情熱はすさまじく、私はすっかり感動してしまった。

思い出した。学生の頃「黒いオルフェ」という映画があった。ファベイラの青年を主人公にした、カーニバルへの人々の熱狂ぶりを伝える映画だったと思うが、鬱屈した心を祝祭にぶつけて解放する。人が生きるとは何かを考えさせられた。

しかし今、コロナが流行すれば、あっという間に蔓延する。常に人々は三密の中に暮らしていて、ファベイラ全体がクラスターになりかねない。大統領は最初は他人事のようだったが、ファベイラに暮らす人々の命も私たちの命も同じだ。

ソーシャルディスタンスなど取っていては生きていけない。そうした環境にある人々のことを考えれば、私たちが少しぐらい耐えるなど何でもないのだ。

臈たけたひとはどこへ

新型コロナウイルスの感染拡大による外出自粛要請でさまざまな店舗が閉店し、催しがなくなったが、私が一番困ったのが本屋である。三省堂や紀伊國屋といった大型書店が一時は休業し、軽井沢にたった一軒ある軽井沢書店までも営業時間を短縮した。運悪く、私の新刊も四月発売で真正面からその時期に当たってしまった。

新潮新書の『人間の品性』である。私が残念がっていると、担当編集者の女性が「本は腐るものではありませんから」と言う。そのおおらかさに救われた。

緊急事態宣言が解除され、すでにほとんどの書店は開いているが、こんな時こそ読書にふさわしく、特に古典や長編などふだん挑戦できないものがおすすめだ。

私の場合、かつての感性をとりもどすべく、万葉集をはじめとする短歌や俳句など短詩型の本。そして大学時代専攻した現代詩。卒論は萩原朔太郎だったし、自分でも人知れず書いていた。

そんな中で出会ってずっと気になっていたのが「臈（ろう）たけた」という言葉だった。

「紫の君は十八歳になり、匂（にお）やかに影ふかい、臈たけた若妻になった」（田辺聖子『新源氏物語』）など、文学作品にはよく登場した。

広辞苑によると「洗練されて上品である」と書かれている。しかし品がいいだけでは駄目なのだ。「匂やかに影ふかい」という表現、美しさに愁いがある。源氏の君にもっとも愛されながら、他の女たちとの情事を黙認せざるを得ない。心の底にある哀しみや影。それが読む者を魅了する。ものがたりを持つひとなのだ。

心に秘めた自分との葛藤。それが毅然とした姿勢と勁さを感じさせるのだ。

最近「臈たけた」という言葉を聞かなくなったのは、臈たけたひとがいなくなったからだ。

テレビや映画に登場する女優さんを見ても、みなくっきりはっきりわかりやすい。中味までわかってしまうようで、もっと知りたいとは思わない。

グラビアで見かける若いジャニーズ系の美男子も、みなのっぺりして深みがない美形が多い。

臈たけたとは、もともと世阿弥の『風姿花伝』では男性にも使われたそうだが。男にも女にも臈たけたひとを見かけない、現実に存在しないとなると、死語になってもいたしかたないのだが、だからこそ私は道ゆく人々の中にも臈たけたひとを求めてしまう。

私が一番ふさわしく思うのは美智子上皇后の母君、正田富美子さんだろうか。皇室に入った娘のことを想いながら、表に出すことなく心の中で精神的に鍛え上げたそのすっくとした立ち姿に漂う気品と勁さ！

それを養うにはどうすればよいか。外に出ることができないコロナ自粛の時期こそ、自分を見つめるための大切な機会だ。ふだんは忙しく外からやって来る情報にふりまわされているが、じっくりと自分の奥底に潜んでいるさまざまな感情とつきあい、自分を鍛えるチャンスと捉えたい。ひょっとして臈たけたひとも、言葉も、生き返るかもしれないではないか。

家族制度の呪縛いまだ

国や都から新型コロナウイルスに関する給付金が支給されつつある。

しかしなぜこんなに面倒くさいものなのか。こういう時期なのだから、できるだけ簡単にわかりやすく、高齢者でもすぐ対処できる形でなければ意味がない。

オンラインでの申請などといわれても、一人暮らしのお年寄りなど、誰に聞いてみることもできず、第一オンラインが何かさえわからない人が多いと思う。

いったい誰を標準にして申請手順を考えているのだろう。

あげくの果てに、なかなか給付金が届かないのは、申請者側に不備があるからだという。首相の国会答弁でも、現場は一生懸命やっているのだが書類に不備があるからできないのだと、あたかもこちらに責任があるかのようにいわれる。

もしそうだとしても、多くの申請者に理解しがたく不備になりがちな書類など一考の余地がある。

新型コロナウイルスに関しては最初から外国語（英語）が飛び交った。クラスター、オーバーシュート、ロックダウン等々、理解できない人がかなりいたかもしれない。ある介護施設では言葉がわからないために、いたずらに恐怖をあおられた人や、鬱になる人も出たとか。

なぜ、マスコミがわかりやすく説明することをしないのか。そもそも専門家会議で使われた医学用語がそのまま使われているケースもある。

私はテレビでコメントすることもあるので、リモートもオンラインも体験して知っているが、高齢者の中には、おいてけぼりを食った気分になり、疎外感を味わう人も多いという話を聞いた。

朝日新聞の「声」欄にも、注目すべき投書があった。給付金の振込先口座がなぜ個人の名義ではなく、世帯主の名義なのかという疑問が呈されていた。我が家は私もずっと仕事をしているので個人名義だが、投書した方は、主婦であっても世帯でひとくくりはおかしいという意見だった。同感である。

なぜ公式な場面になると、相変わらず世帯やら家族制度が顔を出すのか。日本国憲法第十三条だったと思うが、個人の尊厳がはっきりとうたわれているのに、実際には個の概念が根付いていないのだ。

私にしたところが、区役所に書類を取りに行くと、世帯主はつれあいの名で、そのたびにいやな気分にさせられる。

戸籍上、生まれながらの私の名前は存在しないし、選択的夫婦別姓は遅々として実現しない。

給付金に世帯主の名がなぜ必要か。なぜ世帯主にしか振り込まれないのか。国民一人一人に十万円というからには世帯主はいらないのではないか。

そうした細かいところから変えないと家族制度は変わらない。

それでいて、特別定額給付金の振込予定日には「令和二年〇月〇日頃」とある。「頃」というまことにいい加減な言葉が使われていることに思わず笑ってしまった。

明日はわが身

濁流が絶え間なく目の前を流れていく。あたりのものを呑み尽くすその濁流を、目の前で見た幼い日の記憶がある。

父は転勤族で、二、三年おきに移る先がなぜか川に縁があった。仙台の広瀬川、大阪の大和川、東京の多摩川、みな歩いて十分の地に一級河川が流れていた。

河鹿の声が聞こえてきたり、砂と同じ色の千鳥の卵を見つけたり、多摩川の河川敷のゴルフ場への渡し船に乗せてもらったりした。夕暮れ時には魚がとびはねるのを見た。いい想い出しかないが、一度だけ恐怖にさらされたことがある。

小学五年生だった。梅雨の雨が続いて、子供心に心配だったのだろう。

父母に隠れて傘をさし、大和川めがけて降りていった。目の前に堤防が見えた時、普段は聞こえることのない振動と、微かにゴーッという音を聞いた。そこでやめておけばよかったのに、怖いもの見たさで通い馴れた土堤を駆けのぼると、足もと近くまで見たこともない濁流が河川敷を呑み込み、橋脚を洗っていた。危険水位の印があって、すれすれだった。

足がガクガクして慌てて堤防を下り、家まで水溜まりを避けて帰り、父母には見つからぬよう二階の自分の部屋へもどり、ずっといたようなふりをした。

さらに大学を出てＮＨＫのアナウンサーになり、名古屋へ転勤して間もなく、伊勢湾台風が直撃した。三階の自室の窓ガラスが弓なりになり、「ヒーッ」という女性の悲鳴のような風の音が聞こえた。

翌日からアノラックに長靴でデンスケ（当時の長方型の重い録音機）を肩に取材に出ると木曽、長良、揖斐（いび）の三大河川が氾濫、海抜ゼロメートル地帯は水浸しになっていた。土堤の道を通ると水没した家屋の屋根で助けを求める人が手を振り、牛や馬の死体が浮いていた。その匂いのひどさ。

その時学んだことがある。災害は報道された段階ですでに峠を過ぎていて、ほんとうにひどい時は連絡すらとれない。気象庁の警報なども後追いが多くなり、台風も水害も気がついた時は、十分ほどのうちに一メートルも水かさが増えている。戦後最大の伊勢湾台風が襲った時も、ラジオは「どこそこの瓦が飛んだ」ぐらいの情報しか伝えていなかった。

今回も、「レベル4が発令された時は、すでにレベル5を過ぎた状態で氾濫していました」という証言もあった。無駄になってもいいから、常に先へ先へ前もって対策をとるべきだというのが経験上の教訓だ。

水害では水が引いても、一度水に浸かったものは全て使えず、衛生面でも危険は長びく。伊勢湾台風時は半年も水が引かぬところもあり、名古屋港の貯木場から流れ出た木材が家々を押しつぶした。

それに加えて、今回は新型コロナで県をまたいでのボランティアを受け入れるかどうか頭が痛い。被災地の人々だけでは手が足りないが、他県から人を入れるのは慎重にならざるを得ない。何か良い方法がないか知恵を絞れないものか。

明日はわが身なのだ。

原爆の記録が語ること

今年（二〇二〇年）の八月六日、広島原爆の日のドキュメンタリー制作者の模索は続いた。なにしろコロナで遠隔地に取材に行けない。目指す人物とのコンタクトも思うにまかせない。そこで目をつけたのが、今まで公表されていない記録を片っぱしから調べること。そして完成したのがＮＨＫスペシャル「証言と映像でつづる原爆投下・全記録」である。

原爆実験と投下に直接かかわったアメリカ軍のファレル准将の手記とそれを裏付ける映像など未公開資料である。

それを見つけたときの興奮が伝わってくるようだ。

砂漠での実験に立ち会った誰もが沈黙したという原爆の威力。準備は着々と進み、テニアン島からエノラ・ゲイが出撃するまでの期間、一方でドイツのポツダムではチャーチル、トルーマン、スターリンの会談が続いていた。日本に無条件降伏の勧告、ポツダム宣言が出されたのは七月二十六日だ。

日本側は徹底抗戦を主張し、官僚トップの迫水久常は、「原爆投下前にアメリカから警告があると考えていた」と戦後に証言している。

そうした混乱の中、ポツダム宣言受諾は遅れ、運命の日が来てしまった。あろうことか、三日後の八月九日、受諾を促すように今度は長崎を惨劇が襲い、同じ日には米英との和平仲介に一縷(る)の望みをかけていたソ連も参戦。もはやこれまでと御前会議で天皇が受諾を決意。木戸幸一内大臣の記録に詳しい。

今まで私たちが知っている事実が、記録として突きつけられる衝撃は大きい。手記や映像などの重要性を知らされる。アメリカ国立公文書館をはじめ、各国の記録の充実ぶりに比べ、日本のそれが何と脆弱(ぜいじゃく)で残されたものが少ないか。

それは日本国の判断の甘さに通じている。なぜ原爆投下前に警告があると信じたのか。実際に投下されるとは思っていなかったふしがある。

その判断の甘さは今も引き継がれ、日本では大事な資料でさえも政府の都合で破棄される。コロナの専門家会議の議事録が残っていない事実にもつながってしまう。

記録が物を言う。その明確な焦点の合わせ方が歴史上の残忍な事実を浮かび上がらせた。原爆で破壊された街、黒く焼け焦げた死体、日常を示す遺品、焼けただれる子供の背中や水を求めて川べりに集まった人々——私も子供の頃に入院した大阪の赤十字病院でケロイドを背中に負う男性に出会った。

人々が記憶の奥に封印していた情景を描いた絵が強烈に残る。テレビはこうした真実を避けてこなかったか。快いもの愉しいものを追い、真実から目を背けてこなかったか。さまざまな思いを突きつけられた。

未公開資料から見えてきたもの、それは記録という事実をできるだけ単純化し、無駄なものをそぎ落とした結果見えてくる真実だ。

原爆の記録であると同時に、現在進行形の日本の姿を見せつけられる結果となった。

「経験したことのない」

「今までに経験したことのないような記録的台風となる見込みで……」

その言葉を何度耳にしたことだろう。台風一〇号が日本列島を襲うという日のアナウンスである。

この言葉に違和感を持った。たぶん気象庁で頭を絞って考え出された言葉なのだろう。水害や土砂災害の危険度を五段階に分けて伝えるよりも、この言葉の方がインパクトがあると思ってのことだろう。

よく考えてみると「今までに経験したことのない台風」という言葉を最初に聞くとショッキングであり、気持ちが落ち着かない。こうした表現が適切なのかどうか。

確かにこのところの台風は変化してきている。台風一〇号にしても日本近海で発生し、海水温が高いために、衰えるどころか北上につれてますます発達し、最初の予想だと九二〇ヘクトパスカルという、とんでもない台風になるはずであった。たまたま、直前の台風九号によって海水が撹拌(かくはん)されて水温が下がったためにそこまで発達することはなかった。不幸中の幸いである。

しかし、またいつ同様の強大な台風が来ないとも限らない。

その時はなんと表現するのだろうか。

「今までに経験したことのないような記録的台風」と同じような表現になるのだろうか。「今までに経験したことのないような」と一度使ってしまうと二度目はすでに経験したことになり、インパクトが減ってしまう。

三度目、四度目になるとなおさらである。

今回の一〇号の場合も過去にほんとうに経験がなかったか。九二〇ヘクトパスカルとは伊勢湾台風に匹敵する。以前にも書いたが、NHKの名古屋放送局に勤務していた時に私は直撃を受けている。

「伊勢湾台風級の大きさ」と聞くと、なんだか懐かしさすら感じたが、確かに伊勢湾台風は、その後は経験しなかった強さで大きな被害をもたらした。

今回の台風一〇号は、九州からの中継時の風の音がいつもと違っていた。

「ヒィー　ヒィー」という高音の風の音。たいてい中継のアナウンサーは「ゴーッという風の音が……」

と表現し、「ヒィー　ヒィー」とは言わない。

伊勢湾台風の時の風の音は、最高音の「ヒィー　ヒィー」という女の悲鳴に似ていた。台風一〇号の音を聞いてこれはただならぬ規模だと納得できた。

それにしても被害が最小限に抑えられてよかった。その裏には多くの試行錯誤の積み重ねがあったと思う。

実際のところ、台風の正確な位置を捉えるのは難しいという。しかも台風は遠く離れたところにも大きな影響を及ぼす。

私のカンと経験によれば、常に台風本体の方が予報より早く来る。気象観測して伝える段階でどうしても後追いになり、遅れてしまう。早め早めに行動しておかないと間に合わない。

大坂選手の「七枚のマスク」

二年ぶりにテニスの全米オープン優勝を果たした大坂なおみ選手は見違えるほど成長していた。この前は可憐さの残る少女だったのが、堂々たる戦いぶりであった。戦いぶりはもちろんだが生き方の姿勢を身につけていた。

それが七枚のマスクである。

「私はアスリートである前に一人の黒人女性です」と自己認識をしっかりと示し、今の時代にあっても人種差別のやまない世界へのアピールを、入場時につけたマスクに込めた。アメリカでこの数年、警官に射殺されたり暴力に遭って亡くなったりした黒人犠牲者の名前をマスクに書いて入場した。

毎試合、一人ずつ違う人の名前を入れ、観客や全世界で観戦する人たちにアピールした。

相当な勇気が必要だったはずだ。

自分に出来ることは何か。自分にしか出来ないことは何か。一黒人女性、一社会人としての抗議のメッセージは、全世界の人々に響いた。その上での優勝、ほんとうに素晴らしい。

古くは南北戦争、のちのキング牧師の殺害、今も黒人などに対する人種差別はなくなるどころか、トランプ大統領になって再燃した。黒人初のオバマ大統領の登場は何だったのか。その問題の根深さは私たちの想像以上にアメリカに存在する。

かつて「世界の教育」という民放のテレビドキュメントの取材で、ボストンのいわゆる「バシング（バス通学）」、校区の入り組んだ黒人と白人の生徒が同じバスで通学することによって、立て続けに起きた事件を取材したことがある。両者のあつれきが爆発し、投石事件が起きたり、騎馬警官が出動したりして、人種差別問題の一端に触れた。その時代と本質的には、何ら変わっていない。

優勝インタビューで、どんな思いでマスクに被害者の名前を書いたのかを聞かれた大坂選手はこう答えた。

「質問を返しますが、あなたは（私の行動から）どんなメッセージを受けとりましたか」

それは私たち一人一人に突きつけられた問いである。

彼女は彼女に出来る最善の方法を取ったのだ。人々にメッセージを送る行動を起こすことの出来る存在は少ない。彼女はその責任を果たした。

黙っている方がラクなのだ。テニスの四大大会でも政治的行動は禁止されることが多いが、今回は自由だったという。大坂選手のアピールに今度は私たちが返す番だ。彼女の問いかけを一人一人が胸に手を置いて考えたい。

そして自分に出来る行動はないか。何をなすべきなのか。

私は大学時代の数少ない友人と、今出来ることは何かを時々話す。

政治や社会への疑問、そして私たちの意思を伝えるための抗議、それぞれが自分の場でやり続けると約束する。例えば、私なら物を書く場で表明する。友人は今も真実を知ろうと勉強を続け、必要とされるデモに出かける。自分に出来ることをする。それが大坂選手への私の答えである。

「敬老の日」はいらない

「70歳以上　女性の4人に1人」という記事が、敬老の日の朝日新聞一面に出ていた。高齢者が増え続けている。

今後もこの傾向は続き、第二次ベビーブーム世代が高齢者となる二〇四〇年には、三五%を超えるかもしれないという。

長生きになることは結構なことだが、それにしては社会の仕組みが追いついていない。まず、呼称である。後期高齢者などという呼び方はもはや通用しなくなっている。私もその一人だが、なぜ後期だの前期だのと年齢でくくられなければいけないのか。実に不愉快である。同じ思いの友人知人は数多く、みな現役で生き生きと仕事をしている。

私も今年（二〇二一年）八十五歳になったらしいのだが、そんな自覚は全くない。若い頃よりも疲れやすくはあっても元気で毎日原稿書きに追われている。

子供の頃は結核で二年休学したり、放送局で仕事をしていた時は偏頭痛で苦しめられたから、神様が可哀そうに思って今頃になって元気にしてくれたとみえる。

仕事をしているから元気だともいえる。物忘れ、特に漢字など忘れやすくはなったが、忘れたらすぐ調べてインプットする。

毎日文字と向き合うから、辞書は手ばなせない。ネットも使うけれど、できるだけ手間のかかる方法で調べると忘れにくい。簡単に憶えたものは簡単に忘れる。

自分では六十代ぐらいの意識しかなく、新聞の死亡欄を読むと、自分より下の人なのに「あら、いい歳だったのね」と自分のことは棚に上げて呟いている。

そこでお願いがある。新聞に年齢を書くのをそろそろやめていただけないか。

名前に続けて（○歳）と必ず書いてあるが、高齢者がこんなに増えては全く意味がない。欧米のメディアでは年齢を書くことはほとんどないと、アメリカで活躍した日本人歌手が言っていた。

日本へ帰ったら、ことあるごとに「いくつ？」と聞かれ、年齢を書かされ、年齢でくくられている感じがして憂ウツになると。

日本は、個の意識がまだまだ薄く、オカミの管理が好きだ。年齢でくくっておけば暴走しないとでも思われているのか。実態が崩れてしまっている今、やめるべきだと思う。人それぞれ、若く活躍している人と、早く老け込む人、それは年齢ではない。この機会にマスコミから年齢を書くことをやめてみないか。

知り合いの記者に、記事にはなぜ年齢が必要かと聞いたら、「読者サービスです」という答えが返ってきた。年齢がわかったからといって別にそれがどうしたと思ってしまう。私という人間が毎日それなりに積み重ねて生きて来た結果であって、これからも積み重ねていくだけのこと。

『年齢は捨てなさい』（幻冬舎新書）という本を出したこともあるが、「敬老の日」などとひとくくりにして敬ってなど欲しくない。しかし気をつけよう。認知症の検査ではまず生年月日を聞くというから。

八十歳以上の方は――

スマホを買い換えた。

ガラケーからスマホに換えたのはだいぶ昔のことだ。近くの恵比寿駅のドコモショップに一人で出かけていった。

何気なく「そろそろスマホに換えようかな」といったら、「無理です」という人がいてムキになったのだ。誰でも使っているものが私に出来ないはずはない。反対されると俄然、反発する天邪鬼(あまのじゃく)もあった。

店では、私の年齢を見てドコモの「らくらくスマートフォン」をすすめた。自信がなかったので、すすめに従ってとりあえずらくらくスマートフォンにした。

なぜ最初から、iPhoneなどにしなかったのか、憶える手間は同じである。

私の友人に八十六歳になる女性がいる。抜群の記憶力の良さで、一度憶えた情報は決して忘れない。「生き字引」のような存在で、私も忘れたことは彼女に聞いていた。

その彼女がスマホデビューをしようとショップに出かけていき、応対した男性社員に年を聞かれた。

「八十五歳（当時）です」といったら、即座に、

「やめた方がいいです」

といわれたと怒り心頭。なぜ年齢でくるのか。人はそれぞれ違うのだ。

そういえば今回、私が出かけた恵比寿ガーデンプレイスに場所を変えたドコモショップの窓口に書いてあった。

「八十歳以上の方はご家族か付き添いの方が同伴で」

そんなこともあろうかと秘書に同行してもらってよかった。

前のスマホで電話、メール、インターネットをはじめ、ＬＩＮＥや写真も楽しんでやっていたが、いつしか日が経ち、ＬＩＮＥが私の機種では間もなく使えなくなることがわかって大慌てで機種変更したというわけだ。今度は友人や知人が一番多く使っている

ｉＰｈｏｎｅにした。

一時間ぐらいですむだろうとたかをくくって出かけたら、何と二時間半。さらにデータの移行に一時間。結局、使い方を詳しく聞かずじまいだった。

秘書に聞けばわかると思っていたら、彼女はアンドロイドを使っている。家に帰って一人でやってみたが、なんとか電話とメールが出来る程度。

それも今までの指の使い方と違うので馴れるまでがたいへんである。

これだけスマホが普及し、菅政権になって携帯料金も安くなるかもしれないし、コロナのおかげでオンラインが当たり前になってきたから、スマホを使いこなせなくては生きていくのがなかなかたいへんな世の中になってきた。

以前から私は、老人ホームで歌ったり絵を描くよりスマホを教えてはと言っているのだが、女性の四人に一人が七十代以上の時代になっては、高齢者はスマホが使えなければ、ますます時代遅れになりスマホ世代とはっきり分かれてしまう。

別に私はスマホなど必須と思わないが、ガラケーもなくなるといわれている今、高齢者をスマホから除け者にしないで、上手に巻き込んで欲しい。

「やったらええやん」

私は、軍人だった父の転勤により敗戦を大阪で迎え、小学校の終わりから中学、高校と大阪にいた。私立女子校の樟蔭中学校と公立大手前高校の出身である。

その経験からいって、大阪と東京は全く違う文化である。正反対といっていいほど価値観が違って、東京生まれの父と、新潟は上越出身の母を持つ私は、最初そのギャップに苦労した。

まず言葉が違う。アクセントはみんな逆、標準語で喋っていると気取っていると思われて遊んでもらえないので必死で大阪弁を覚えた。家にもどると標準語、学校では大阪弁と使い分けていたので、私は今でもバイリンガル。相手が関西だとアクセントまであっという間に変わる。NHKでアナウンサーだったのも別段苦ではなかった。

ただ、価値観の違いで引き裂かれる思いもしたが、大阪の方が現実的でざっくばらん、馴れるとつきあいやすく、心斎橋の真ん中で「おっちゃんまけてんか」と値切るコツを覚えた。

情感を表すにも大阪弁の方が雰囲気が伝わる。文化も東京が官僚的抽象的なのに比べて、具体的でわかりやすい。

もともと、大阪は商人の町で、財界人も数多く出ている。

日本には二つの文化が共存していたのが、戦後、東京一極集中になって、変化がなく面白味に欠けていた。

大阪都構想は二回の住民投票で否定されたが、大阪府と大阪市の二重行政は無駄が多いとそれぞれの首長が大阪の人々に問いかけたのだった。私は行政面ではなく、文化面から考えてみると面白いのではないかと思っていた。

古都、奈良や京都をひかえ、歴史も古く、それでいて大阪は庶民の町だ。エネルギーに溢れ、芸術や芸能の世界でも、実は関西出身者や関西の影響を受けた人が多い。

明治政府以後、官僚政治が跋扈（ばっこ）したおかげで、東京人にはどこか気取りがある。

かたや大阪人は反骨精神も旺盛だから、マスコミも朝日、毎日など関西から出た新聞社も多い。

子供の頃に大阪の雰囲気を知っていることは、ありがたい。私の生き方にも大きく影響している。

今ではお笑いをはじめ、芸能の世界では吉本などが多くのタレントを輩出しているのも当たり前と思える。

それでも成功するには東京に出てくる必要があったが、大阪都が出来れば、二つの文化の拠点が出来るので、面白いかもしれないと感じたのだ。

大阪城の真ん前にある高校へ通い、隣には府庁があり、昼ごはんを食べに校庭に直結する裏口から毎度お邪魔していた建物が都庁になるのは、なんか楽しい。

堅くるしいことは言わんと、おもろいことはやったらええやん。

ヴェネチア的生き方

緊急事態宣言下、毎日よく本が読める。一日一冊、読み始めると止まらない。最後まで読み通すのが癖で、途中でやめるということが出来ない。昔から家で読み始め、駅で電車を待つ間、電車の中と、ともかく読み続け、あやうくホームから落ちそうになったこともある。

終わるまで眠れないので、長いものになると、白々と夜が明け始め、翌日は寝不足でもうろうとなる。したがって年を重ねてからは、夜は読むことをしない。午後から始めて短いものなら夕方まで、長いものでもその日のうちに読み終えるように努力する。

新幹線など長距離の移動では、二時間ならその間に読み終えるもの。大体、文庫や新書などはそれで十分、目的地に着いた時、ぴたりと終わるとスリルがあって実に気分がいい。毎日少しずつ計画的にという理性的な読み方ではなく、一気飲みならぬ一気読みである。その能力がまだ衰えていないのが救いだ。

最近読みごたえのあったのが、塩野七生著『小説　イタリア・ルネサンス』（新潮文庫）全四巻であった。

かつて出版されたものの文庫版で題名も変え、新作も加えている。

一巻がヴェネチア、二巻がフィレンツェ、三巻がローマ、四巻が再びヴェネチアである。イタリアの政治と文化の中心地を題名に、ローマやフィレンツェが早くからスペインやトルコに制圧されたのに、なぜヴェネチアが生き残ったかがテーマである。

今でこそ、運河とゴンドラの街として知られる観光都市だが、かつては海の上に人工的に建設された共和制の都であった。交易都市であり、水の上の浮巣のような幻の街を維持させるためには、ローマやフィレンツェのように力を誇示するのではなく、柔軟な思考が必要だった。

四巻を通じて登場するマルコは、ヴェネチアきっての貴族の息子だが、彼はヴェネチアという国家を体現しているような人物である。自分の生き方が芯にありながら、白・

黒つけず、柔軟性のある考え方で生き延びていく。他の登場人物たちは悲劇的な生き方をして、それゆえに実に印象的なのだが……。

ヴェネチアは海上国家だから当然スペインやトルコの標的になる。トルコと海上で戦争をしながら、一方でその間もトルコ大使館を置いて外交を続けるしたたかさを持ち続けている。

著者の塩野さんは、日本がこれから生きる道はヴェネチア的なものかもしれないと言う。偶然、私が四巻目にかかった時、NHKのテレビ番組に塩野さんが出演した。

私はヴェネチアの魅力のとりこになって数回、訪れている。最初、空港から船で入った時は、夜だった。殺風景な何もない海上が突然、きらびやかな不夜城と化した。その頽廃的な美しさ、ひたひたと波が戸口まで迫り、いつか水没する危機をはらんでいる。

交通は橋を渡って歩くか、水路を船で行くしか方法はない。四巻を、四日間で読み終えた。

土井たか子さん「名前で呼んで」

三人の自民党の国会議員が深々とテレビの画面で頭を下げている。真ん中に松本純元国家公安委員長、田野瀬太道文部科学副大臣、大塚高司衆議院運営委員会理事の離党と謝罪の会見である。

言うまでもなく、この緊急事態宣言の最中に夜十一時頃まで銀座のクラブへ行っていた件である。

最初は松本純氏一人と言っていたのに、実は三人だった。その理由を松本氏は二人をかばって自分一人が責任をとることにしたと言い、あとの二人はどうしたものか、ずっと悩んでいたという。松本先生のかばって下さった気持ちを考えてのことだったという。

この人たちの眼中に、私たち国民はない。お互いをかばい合い、できるだけ事なかれ主義で終わることを考えているだけだ。今回公になったことについても、たまたま運が悪かっただけと内心思っているだろう。

情けない。こんな人たちを選んだのは国民だ。責任は私たちにもある。

なぜこんな神経でいられるのか。私なりに考えてみた。地元民や秘書、まわりの人々から「先生」「先生」と持ち上げられるのも一因ではないか。自分たちは国民の代表ではなく、特別に選ばれた人間だから許されるという甘え。画面に映った三人はお互いに「松本先生」「大塚先生」と呼びかわしていた。

以前から不思議だったが、日本の政治家は政治家どうしが「先生」と呼ぶ。何の矛盾も感じずに。まわりが言うからそれが常識になっている。名は体を表す。言葉は実体の表現だ。

まずお互い「先生」と言うのをやめてはどうか。まわりの人にもそう呼ばせない。それぞれ立派な名前を持っているではないか。先生と十把一絡げの方がかえって失礼ではないか。

先生とは自分より先に生まれた人、尊敬する人、職業なら学校の先生かお医者さんで十分である。

欧米の政治家はロン・ヤスを例に出すまでもなく、愛称で呼び合ったり、記者会見などでも、名前を呼ぶことが多い。

私は政治家にインタビューする時、必ず最初にこうことわる。

「先生ではなくお名前で呼ばせていただきますが、よろしいですね」

どの政治家も、いやとは言えないらしい。

ずっと昔のことだが、賀屋興宣氏にインタビューした時のこと。いつものように「お名前で呼ばせていただきます」と言うと間髪をいれず、こう言われた。

「当たり前だろ、キミ。役職で呼ぶのもいいが、名前があるんだから、名前で十分」

そして気分よく軍人恩給を復活させた理由などを話して下さった。

親しくしていただいた土井たか子さんも「名前で呼んで」といつも言っていて、気さくに一緒に歌ったりした。

昔より最近の方が「先生」と呼ばれたがる人がかえって多い。それは、国会議員としての仕事を理解できていず、虚飾が好きという証拠なのだ。たぶん、銀座のクラブでも

「先生」「先生」と言われて喜んでいたのだろう。

「二・二六」と私

ミャンマーで国軍によるクーデターが起き、選挙で選ばれたアウンサンスーチー氏をはじめとする重要人物を拘束したと伝えられた。これに対する抗議活動が全土におけるゼネストにまで発展しようとしている。四人の犠牲者が出たことも火に油を注ぐ形となった。

同じ支配層の中の勢力が政権を力ずくで取ったクーデターである。

クーデターと革命は明らかに違う。

テレビでの池上彰氏の解説によれば、クーデターは時の政権を内部から引っくり返すことであるのに対し、革命は一般大衆が原動力になって社会や政治のシステムを変えようというもの。政権の担い手そのものが変わるということなのだ。

　有名なフランス革命をはじめとして、ロシア革命やさまざまな革命が起きて民衆が力を持ち、世界は大きく変化してきた。

　日本にも明治維新など、社会や政治の大きな変化はあったが、これを革命と呼べるのかどうか。結局、幕府に代わる官僚組織ができただけと言うこともできる。

　そのせいか、香港の民主化デモや、今回弾圧に立ち向かうミャンマーの人々の姿勢に、私は感動を禁じることができない。

　ヨーロッパなど旅していると、時々、デモで交通手段がなくなったり、せっかく手に入れたオペラの切符が、舞台の組合のストライキにより上演中止になることもあるが、これも働く人々の権利なのだと思うと腹も立たない。むしろ、ストライキやデモで声を上げることがほとんどなくなったおとなしい日本人に違和感を覚える。

　では日本のクーデターはどうだろう。古くは大化の改新。先日までＮＨＫの大河ドラマ「麒麟がくる」で描かれていた明智光秀による「本能寺の変」などを挙げることができる。

そして、昭和維新を掲げて陸軍の青年将校たちが時の政府の要人を襲った「二・二六事件」。

農村の疲弊など国民の苦しみを、天皇親政により解決したいと願う、いわゆる皇道派の陸軍士官学校出身の青年将校たちが兵を動かし、直接行動に出た事件である。

昭和十一年二月二十六日、雪の残る朝の出来事だった。都心の一四八三人の下士官や兵を動かし、天皇に直訴する行動だったはずが通じず、逆に賊臣となりクーデターは失敗。首謀者の栗原安秀中尉、林八郎少尉などの中心人物は処刑される。

直後に自決した野中四郎大尉は、軍人だった私の父と陸士（陸軍士官学校）で同期生であり、仲が良かった。二・二六当日、宇都宮の第十四師団に勤務していた父は一報を聞いて身なりを整え、「帰れないかもしれない」と、私を身ごもっていた母に告げて上京しようとしたが、気付いた上官に止められた。

陸士の同期も、野中の皇道派と辻政信などの統制派に分かれ、その対立が二・二六の遠因だといわれる。

今年も二・二六が過ぎた。私の生まれた年に起きた大クーデター。その後日本は陸軍の統制派が権力を握り、戦争への道を歩むことになる。

ほんとうの女性登用とは

春先のせいもあって、なんとなくイライラしている。こんな時、自分を納得させるには、原因を冷静に考えることが必要だ。

思い当たった一つは、いつまで経っても選択的夫婦別姓の導入への動きが進まないこと。それどころかむしろ退歩しているとも思えること。

こんな国は他に存在しない。二〇一五年、最高裁の判決で夫婦同姓が合憲とされた時ですら、姓の問題は「国会で論じられ、判断されるべき」と付言されていたが、昨年末、閣議決定された男女共同参画基本計画には、選択的夫婦別姓の表記すらなくなっていたという。

なぜか。別姓になるとよほど具合の悪い人がいるのだろう。反対する人の多くは、家族の一体性がなくなるということを大きな理由にする。日本は家族制度を重んじる。その方が国として治めやすいからだ。家族は小さな国家であり、号令一下まとめる際には、こんな便利なものはない。

同姓だとまとまりやすく、別姓だとまとまりにくいと考える人は、逆に家族という人間関係に自信が持てず、名前という形に頼りたいのだろう。

私はかねがね結婚して同姓になることの方が家族をそこねる面があると思ってきた。人の名前を、親がどれくらい真剣に考えてつけるか。その際は苗字に合う子供の名前を必死で探す。辞書をみたり、文学書を読んだり、中には占いに見てもらって幸運な名前をと考える場合もあるだろう。

私の名前は暁に生まれたので暁子。下重という苗字に合っていて気に入っている。それがやむを得ず変えたつれあいの姓ではしっくりこない。

五十年近く経っても誰のことかとよそよそしく、不便なだけではなく、そちらの名を書くたびに不快になる。私というこの世に一人しかない個が否定された気がするのだ。

男性の姓に統一されて、女性の苗字が変わる場合が多いから、女性側に不満が多いかというと、五輪相の丸川珠代さんのように、選択的夫婦別姓に賛成しないよう地方議員に呼び掛ける文書にわざわざ署名する女性議員もいる。人それぞれ考え方の違いがあっていいが、「選択的」なのだから、いやな人はやめればいいだけのこと。自分たちで選ぶという案に反対する意味がわからない。

しかも、意外に女性にも反対派がいるのだ。現状維持、つまり男たちの作り上げた今の社会の組織やら体制やらに疑いを持たないという人たちが……。

遅まきながら、森前オリンピック・パラリンピック組織委員会会長の発言以来、女性の登用も進んだかに見えるのだが。

いや待てよ、男性が女性に替わる数合わせではいけない。男の土俵に乗って男たちに都合のいい優秀な女性が抜擢されただけでは意味がない。

前内閣広報官の山田真貴子さんしかり、できる女性が男たちに都合よく使われることではなかろう。女が活躍するということは、経済効率に重きを置く価値観を、命や自然環境を守ることを重視する価値観に変えていくものであって欲しいのだ。

毎日が孤独のレッスン

最近、テレビで不思議な言葉を何回か聞いた。

「望まない孤独や孤立……」という言葉である。

菅総理の口からも出た。

わざわざ望まないとつけるには意味があるのだろう。普通の孤独や孤立とは違うとする理由は、いったい何だろう。

自分で好んで孤独や孤立を選ぶ生き方とは違う。災害や事故などやむを得ぬ理由で一人になってしまったり、家族と離れたりで、一人暮らしを余儀なくされている人々……。

そこに国が手を差しのべるというのは一見いいことのように思えるが、その奥には家族第一主義が見え隠れする。イギリスでも孤独担当相を置いたというから、孤独はいまや国際的問題だ。
望む、望まないにかかわらず、おひとりさまは増えている。私はそれが特別のことと
は思わない。人は生まれてきた時も、死ぬ時も一人である。
人と人とがつきあうことの息苦しさ、窮屈さ。
おひとりさまの自由を知ってしまうと、何物にも替えられない。誰にもこの権利を渡
すものかと思ってしまう。
しかし、日本では家族という小さな国家を単位にした方が管理しやすいので、個であ
ることを極力排除しようとする傾向がある。憲法第十三条は個人の尊厳に触れ、個人の
権利を最大限に尊重することを定めているが、自民党の憲法改正論議の中では、この条
文の「個人」を「人」に変えようという案がすでに浮上している。個人と人とは違うの
だ。
特にコロナ禍の今は、人と人の間が疎遠になって、いやおうなく、自分一人という
「孤」と面と向かわざるを得ない。少しくらい淋しくとも、このことこそが大切だ。
自分という一人の人間に立ちもどり、自分の中に深く降りていく――それこそが人間

を知る機会なのではないかと思う。コロナ禍をどう過ごしたかで人生は大きく分かれてしまう。

勇気を持って自分をよく知ることに賭けてみよう。「望まない孤独や孤立」という差しのべられた手にすがる前に、せっかくのチャンスを、孤独や孤立で過ごしてみるのも悪くない。

今、望んで孤独や孤立を選ぶ人が増えている。

私もその一人。子供の頃、結核という感染症で二年間、疎開をかねて家に隔離され、学校にも行けず、友達もいなかった。

しかしあの二年間のなんと満ち足りていたことか。隣の部屋には、父の蔵書や画集も疎開しており、一冊ずつ抜き出しては眺め、たまに調子がいいと散歩に出る。向かいの陸軍病院の軽症患者の白衣の兵をお伴に……。

そこで私は孤独の種を自分の心に蒔(ま)き、水をやり育てた。「極上の孤独」である。同名の私の本が売れたのも、今も孤独をタイトルに付した書が氾濫しているところを見ても、人は恐れながらもどこか孤独に憧れている。孤を知る人は孤独に強く、孤立にも負けない。

　その上で知る人恋しさもある。このコロナ禍の中、私も不安やイライラはつのる。しかしこれも、孤独のレッスンと思えば苦にならない。

自由を奪う高齢者差別

　住まいの近くに仕事部屋を移そうとして、行きづまった。物件はあるのだが、貸してもらえないのである。理由は高齢者であること。確かにチラシを見ると、「高齢者要相談」と書いてある。

　今まで借りていた部屋は、貸主が私を知っていたのと、法人で借りることが条件で、気持ちよく借りられた。

　しかしこれも、私のところが法人になっているからできたこと、もし個人の場合は、無理だったろう。高齢者はそれまでの蓄えがあったり、現在も仕事をして収入があっても、いつ倒れるかわからないし、孤独死などされては迷惑だという恐れから、貸主がOKしない。何と住みにくい世の中か。

私をはじめ、今は、八十代、九十代になっても元気に仕事をし、人生を楽しんでいる人も多いのだが、高齢ということのみでひとくくりにされて、住む場所を確保することもおぼつかない。

世の中には私の友人のように、自分の家を持つことを拒否し、一生借家で過ごしたいという主義の人もいるのだが、これでは、その人の生き方すら認められず、高齢になった場合、住む場所すらなくなってしまう。

家族が一緒の場合はOKなのだろうから、高齢者が独りであることが問題なのだ。

しかし、現実は、ひとり暮らしの高齢者が増えていることも確か。しかも元気で楽しく仕事も生活もエンジョイしている。人生の晩年を好きなように生きている人たちの自由が奪われてはならない。

おひとりさまの高齢者が在宅死をしたいと願うなら、まず、持ち家があることが条件になる。静かに一人ひっそりと息を引き取りたいと願ってもまわりが許さない。

やれ孤独死だ、福祉の貧困だと騒ぎたて、そっとしておいてくれず、いくら介護の条件や他人に迷惑をかけない死を選ぼうとしてもうまくいかない。

それでいて国は、在宅死をすすめている。それはあくまで家族がまわりにいて、面倒を見てくれる場合なのだろう。一人で自由に自分の家さえ借りられず、住むところを選ぶ権利すら高齢者には許されていないのだろうか。

「高齢者」と年齢でひとくくりにすることをやめたい。みな個人で、一人一人違う考えを持ち、一番自分らしい最後を生きたいと願う人たちの自由を奪わないでいただきたい。施設に入らずともひとり暮らしで楽しく仕事も趣味も持ち、生涯現役の人が増えている。寿命も九十歳、百歳など珍しくない昨今、自分で生き方を選べる社会であって欲しいのだ。

高齢者差別が存在する現状をある小冊子に書いたら、スポンサーからクレームがきて、差別という言葉をやめてもらいたいと言ってきた。

性差別をはじめ、実際に差別があるというのに、差別という言葉を使わないわけにはいかない。ということで、その原稿はとりやめにしたが、差別という言葉への差別すら、この世に存在することを知らされて唖然としてしまった。

第3章

最終楽章は華やかに
——希望の足音

秋はどこへ消えた

ちょうどいい頃に軽井沢の山荘にいるのは、難しい。全く年によって違うのだ。紅葉ではない。紅葉なら目安にするものがあるのだが、私のお目当ては、庭の落葉松（からまつ）がいっせいに散る時、落葉松の雨と呼んでいる。

針のような黄金色の葉が、風が吹くと斜めに飛んで、一本一本の針が重なって地面に落ちる。黄金色の網がかかったようで美しい。

目を離すと、あっという間に全部散ってしまいそうでよそ見が出来ない。

たいてい十月の終わり頃なのだが、去年は少し早すぎて、風があっても頑固にまだ枝についたままで離れようとしなかった。

あの落葉松の雨の中に佇んでいると、呆然として現世を忘れる。その瞬間、私もこの世という枝を離れて見知らぬ世界へ飛び立つのだ。

今年は暖冬との言葉を信じて、十一月の終わり、遅目に出かけてみると、すでに黄金色の針は全て土の上に落ち、醜く汚れていた。

しまった！　遅すぎた。こんなにも惜しいことはない。自然はいつだって私を裏切り意地悪をする。

裸になった枝の間を縫って、大き目の枯葉の船が風に揺られている。とりわけ巨大なのが朴（ほお）の葉である。家の入口に植えるといい匂いがするので、我が家にも二本あるのだが、朴葉みそなど料理の皿がわりに使われる大きさで、重なるとカサカサと音を立てる。ドングリが屋根に落ち、たまに夢の中にまでその音が入ってくる。

鳥たちは、樹々に実のあるうちは、餌としてひまわりの種子を置いてもやって来ない。

三軒下の家で枯葉をキカイで吸い込む作業をしているらしく、時折静寂を破って無粋な音がする。うなるようなその音が枯葉の最後のあがきに聞こえてくる。

軽井沢でも、たいていの家で枯葉を集めてゴミとして出すようになった。それまでは、それぞれの庭に落葉をかき集めて、落葉焚きをしたものだ。チロチロと小さな炎が上がり、煙の匂いが漂ってきた。

禁止になったのは、3・11の放射能汚染後のことである。軽井沢でも少し線量が上がったとかで、以後しばらく焚火は出来なくなって、今では無粋なキカイの音が鳴り響くようになった。

私の大好きな落葉松の黄金色の針が、土に還って腐葉土になることもなくなってきた。

朝起きるとうっすらと庭が白くなっていた。

雪が降ったのである。前夜はマイナス五～六度だったから、これからは、雨はほとんどが雪になる。

今は、冬場は行かなくなったが、かつては完全暖房の家を頼りに二十センチぐらいの雪なら出かけたものだ。

新雪に足跡をしっかり印して入口に向かう。

〝落葉松の睫毛(まつげ)を閉じて山眠る〟

落葉松の枝にもうっすら雪がついていた。

春を告げる小さな旅人

今年はまだなのだろうか。三月の声を聞いて、そろそろと思うのだが聞こえない。つれあいにたずねるが、去年は確かにいたが、今年はまだだという。

花粉の入るのを気にしながら、窓を開けて耳をすますが……。

暖冬なのだから早いはずだが、コロナウイルスを避けて近づかないのだろうか。

広尾のマンションに移ってしばらく経ってからだから、二十年以上前のことである。このマンションには三十年以上住んでいて、その間に公園が整備され、並木が育ち、緑が落ち着いてからは毎年聞こえた。

「……ケキョ、ケキョ」

あれ、あの声は。いやいやそんなはずはない。六本木の隣駅で都心に位置するようなマンション、いくら植栽が豊富だといっても、いるはずがない。後ろ髪を引かれながら出かけた次の朝、また声がした。

「いや確かにあれは鶯だ」

「ホー、ケキョ、ホー」

少し巧くなっている。まだ信じていなかった。誰かがいたずらをしているのだ。真似ているにしては上手すぎる。

そうか録音して流しているのだ。ずいぶん手の込んだことをするなあ。

聞こえない日はほぼなかった。

「ねえねえ、あれは鶯よね」

つれあいも半信半疑だ。

そのうち「ホーホケキョ」と聞こえるようになった。二十日ぐらい経ってからだろうか。

そしてある日、外出先から四時頃早めにもどった日、玄関の階段脇の叢（くさむら）に、渋い褐色の小鳥が出入りするのを見た。あれは確かに鶯。鶯は、声は美しいが見た目は決して美しい鳥ではない。くすんだ色で目立たない。私は探鳥の仲間についていき、軽井沢で見かけたことがある。

鶯色が鮮やかな、黒目のぱっちりした鳥は目白である。梅の枝にとまっているのはたいてい目白で、鶯は人目につかない灌木の奥や叢にいる。

だが、確かにいたのだ。この目で見た。都心の広尾のマンションといっても通りをはさんで向かいは麻布である。

「鶯をたづねたづねて麻布まで」

六本木に古くからある和菓子店「青野」に、句をしたためた額がかかっていた。ここは鶯もちで有名な老舗。

鶯は一年中、日本にいる留鳥のような気がしていたが、春になると東南アジアや中国から渡ってくるものもいる。

その鶯の通り道が麻布なのだ。

したがって我が家のある広尾も通り道に近い。ビルが建ち並んで緑が少なくなり、私のいるマンションの丘だけに緑が残っているので、さまざまな鳥たちが来る。緑があれば、必ず生物は息を吹きかえす。

おまけに我が家のリビングは東南に大木を抱えて、まるで樹の間に住んでいるようなので、鶯がいても不思議はない。

それにしても今年はどうしたんだろう。それでなくても不安のはびこる日々、なんとなく落ち着かない。

春告鳥の声が待ち遠しい。

ハムシーンのあとで

春の嵐がここ数日続いている。陽射しは暖かいのだが、風が意外に冷たい。

加えて新型コロナウイルスという嵐が日本の内外を吹きすさぶ。この嵐、先が見えないので始末が悪い。

嵐は、激しくとも短時間で去ってくれるのがいい。春の嵐も、あられやひょうを伴っても翌日にはきれいさっぱり洗い流されたような青空を見ることができる。

なかでも、エジプトで経験した砂嵐（ハムシーン）は、荒々しくあっという間にあたりを包み込み、去った後のすがすがしさといったらなかった。

ハムシーンとはアラビア語で「五十」の意味で、三月から四月、春の時期に訪れる嵐のこと。

エジプトでは、砂嵐には魔神が乗ってくるといわれ、そのすさまじさは体験してみないとわからない。

私は一九七七年の春から秋まで、エジプトに住んだことがあった。

もともと中近東が好きだったところへ、つれあいがテレビ局の特派員として駐在することに。内戦のためレバノンのベイルートからエジプトのカイロに支局を移し、私は半年間そこに置いてもらうことにしたのだ。

ナイルの支流に面した八階のアパートメント。上流から帆船がゆるゆると下ってくる。羊や水を乗せて。

一日五回モスクから礼拝を呼びかける声がもの憂く空中を過ぎていく。

ある朝、妙に頭が重く、胸苦しさをおぼえて目覚めると、窓の彼方が茶色く曇っている。サハラ砂漠の奥に見たこともない雲の塊がある。ほぼ毎日晴れているから異常としか言いようがない。その茶褐色の塊が徐々に近づいてくる。

あれは何だ！　それが砂嵐(ハムシーン)の始まりだとは、初体験でわかるはずがない。

その塊が広がりを見せ、カイロの頭上に押し寄せ、やがてわが家もその渦の中に呑み込まれた。窓の外を見るとビール瓶のような黒褐色の細かい砂粒が飛ぶ。

ぴったりと窓を閉め、目張りをしても、どこからともなくその砂粒が室内に入り込んでくる。

外を見るとほとんど何も見えない。濃い一瞬を過ぎると少しずつ色が薄くなってきた気がする。ナイルの支流にかかる橋の上に見えているのは人影か。驚いたことに、ガラベーヤ（裾まである民族衣装）を着た、長身の地元男性が佇んでいるではないか。

砂嵐が通り過ぎる間中、そこにいたのだろうか。三〜四時間経ってだいぶ空気の色が元にもどったところで私たちも外出した。

すっかり砂嵐が去ってしまった後の空も太陽も美しかった。無駄なもの、醜いものを、砂が一気にそぎ落としてくれたような。

あらゆるものに砂がついて汚れるのを予想していたが、全く逆で、砂は余分なものをそぎ落とす。水と同じ作用をするという。

並木は鮮やかな緑をとりもどし、火焔樹の真紅の花が生き生きとしている。アラブでは砂は水のかわりをする神聖なものなのだ。

ハムシーンで、目に見えないウイルスと、もやもやした気分を吹き飛ばして欲しいものだ。

簡素にまさる美はなし

二〇二〇年三月、大相撲の春場所（大阪場所）が無事終わった。関係者にとってはハラハラドキドキの毎日、無観客ではあったが途中千代丸の発熱などもあり、まずは無事だったことが相撲ファンにとっては何よりだった。

決断した八角理事長の思いは格別だったろう。表彰式で関係者を代表して挨拶した言葉が途切れることもあり、目が赤くなっていた。

こうした形式を見たのも初めてである。幕内力士全員と関係者が土俵をとり囲み、国歌斉唱後、優勝した白鵬に賜杯と優勝旗が手渡された。さらに総理大臣杯に続き、いつもなら延々と各国や関係団体の賞が続くのだが、今場所は時が時だけに自粛。

そのかわりというか、新弟子の若者たちが紹介され、彼らによる三本締め。土俵の上には御幣が飾られている。神へのささげものであり、土俵とは神聖な場である。相撲は神事なのだということを改めて認識した。三賞の発表もあり、実に簡素な表彰式だったが、これが良かった。

いつもの表彰式で見ることのできない相撲本来の意味を考えさせられた。

簡素であることは美しい。いつもは大勢の客の声や姿で見えなかった清々しさに感動した。

場所中は観客のいない淋しさはあったが、呼び出しの声や柝の音が響き渡り、それはそれで知らなかった情趣を知ることができた。

多くのイベントや競技が中止になるなか、これまでと違う楽しみ方があることに気付く。そしてもう一つ、催事や式典本来の持つ意味を考えるには絶好のチャンスだったと思うのだ。

多くの人々が心配した卒業式や入学式など、私個人は女子大生の制服のような袴姿や、親だけでなく祖父母にいたるまで家族一同が参加することが疑問だった。小・中学など義務教育ならまだしも、大人の入口に立つ若者は個人としての自覚を持つことが大事だ。

今年はその本人さえも卒業式に参加できず、代表者だけ参加といった淋しい卒業式もあったようだが式本来の意味を考えるにはふさわしい簡素さであったのではなかろうか。

まるでファッションショーのような華美さや、家族の展覧会のような卒業式後の謝恩パーティなど、なくてもいいものがとり払われてすっきりしたと言えなくもない。

こんなことを言うとへそまがりだと思われようが、私はすべからく式典は簡素で心のこもったものにすべきだと思っている。

「疎開」がはじまった

三月二十九日（二〇二〇年）の日曜日、東京に雪が降った。満開の桜も凍えていたが、昼前、都心では雪は止んだ。

三月に雪が降ることは珍しくはない。異常気象だという人も多いが、東京で雪が降るのは三月が多いので、別に驚かない。積雪は一センチとか。あっという間に解けてしまった。

テレビでは軽井沢で二十八センチ積もったと言っている。軽井沢は寒冷地なので、雪はあまり降らない。そのかわり一度降ると凍り付いてなかなか解けない。

旧軽に山荘があるが、これでまたしばらく軽井沢行きは遅れそうだ。

かつては冬も時間があれば行っていた。冬の軽井沢は人気（ひとけ）がなく静寂そのもの。清浄な世界に浸ると心が洗われる。

もともと夏しか使えなかった山荘の隣に、冬いつでも行けるように、暖房完備の小さな居場所を作った。冬じゅう暖房は一番低い目盛りに合わせてつけっぱなしだから、水道は凍らずいつでも使える。

朝起きるとうっすら積もった新雪に、さまざまな足跡がくっきりついている。

小さいのは兎か貂（てん）。中くらいのは狐か狸、猪か。ひときわ大きなのはたぶんカモシカだろう。山荘の二、三軒上の庭で散歩の途中見かけたこともある。

熊は冬眠中である。しかし森に向かって一直線にのぼっている足跡を見ると、動物たちの息づかいが聞こえてくるようだ。

〝冬眠の獣の気配森に満つ〟

その気配に耳をすませているのが楽しかった。

三年続けて毎年一回ずつ、右足首、左足首、左手首と骨折したのをきっかけに、九年ほど前から冬は行かなくなった。すべってまた骨折したら悲惨である。そのかわり雪がなくなったら真っ先に出かける。

三月末、愛宕山の麓だから日射しは強い、ある日一面に小さな菫（すみれ）が花開くのを合図に、次々と春が目覚める。その瞬間を見たいが、先日の雪で少し遅れそうだ。

数年前に軽井沢は大雪に閉ざされ、在住の知人は買い物に出るのすら困難になったことがあった（先日亡くなった藤田宜永さんの『大雪物語』に詳しい）。その記憶があったので、電話してみると、

「それよりも今、軽井沢はたいへんよ。小池知事の週末外出自粛要請で、その夜東京か

ら疎開してきた人でスーパーは満員なのよ。トイレットペーパーは棚からすっかり消えてたわ」

驚いた。そこまで考えていなかった。緊急事態宣言が出て、いよいよとなったら軽井沢に逃げ出すこともぼんやりと頭の隅にはあったが……。

何という反応の早さ！　これから起こることをすでに予想して行動に移していた。

私は複雑な思いだった。

東京が危なくなり、地方に逃げる。別荘のある人たちが素早く行動して、そこのスーパーの品を買い漁り、物がなくなる。

「かえって東京にいた方がいいかもよ。今後またいっそう人が集中することも考えられるし」

知人はそう言った。

燕が来た！

長野に住む友人からメールが届いた。

「桜の開花が例年より十日ほど早いようですが、燕（つばめ）も例年より十日ほど早めに訪れました。自然界の植物や動物ってすごいなあと思います。地球と宇宙の流れに合わせて生きているんですものね」

いちめんの蒼空（あおぞら）をバックに、電線に止まる燕が二羽。

この写真に久しぶりに癒された。

ようこそ、このコロナで汚れた日本に来てくれたものだ。

渡り鳥だから春の訪れに忘れずにやって来るのは当然だが、妙に感謝したい気分である。

燕は忘れずに去年と同じ家の軒先に巣を作る。子供の頃、友達の家の玄関にその巣を見つけて驚喜した。泥や草で固めたその巣の中に親鳥は卵を産み、やがて雛がかえる。四〜五羽、まるでくちばしだけのような、小さな雛がせいいっぱい口を開けて餌をねだる。真紅の喉の奥が見えんばかりに。

親鳥はせっせと昆虫などの餌を運び、雛はあっという間に成長する。そして巣立ちの時。気付かぬうちに巣が空っぽになっている。子供の知恵ではそれが巣立ちとは知らず、悲しくて泣いたりした。

メールをくれた長野の友人の家は、百年以上も経つ古民家なので、土間や屋敷門もあり、燕が巣を作る軒先に事欠かなかった。

今では同じ土地に一年中棲みついている燕もいるそうだが、やはり燕が渡って来ることで春を知る暮らしはゆかしい。つばめ、つばくろ、つばくらめ、言葉変われど、かつて日本各地に燕は訪れた。人々も燕の訪れを待ちわびたものだ。その頃、私たちの暮らしは自然とともにあった。

長野の友人の家にはその片鱗がある。ある時、軒にかかっていた巣が落ちてしまった。

思うに、雛たちの成長につれて入り切らなくなって、崩れたのだろうか。

友人とその子供たちは、巣を拾ってプラスチックの植木鉢に移し替え、リボンで結び、高めの枝に吊るしてやった。

以前その写真が送られてきたが、雛たちは無事にそこから巣立っていったという。そうした人間と生物たちとの交流を通して、私たちは自然から優しさを学んでいった。

私の住む都心のマンションには、燕の巣を作る軒先がない。直角に切り立った壁や屋根には巣をかける余地がない。

と思いながら散歩していると、我が家の二つ隣のベランダの手すりに、小さな箱がぶら下がっているのを見つけた。

爪先立って眺めるとどうやら巣箱のようである。緑だけは豊富なので、小鳥はやって来る。

以後、散歩のたびにその巣箱を気をつけて見ているが、生物のいる気配はない。せっかくの好意もそっぽを向かれてしまったのか。

緊急事態宣言が出されたが、コロナとの闘いも、もとはといえば人間が自然を破壊したからである。森林を伐採し、動物たちの棲みかをなくし、動物にもともと棲みついていたウイルスが人間を冒すようになったせいではなかったか。

日本の粋は生きている

粋（いき）は心意気である。久々にそれを感じさせる出来事があった。

六月一日（二〇二〇年）の午後八時、全国で花火が打ち上げられた。日本煙火協会青年部に属している若手職人らが企画したという。江戸時代に疫病対策として花火が打ち上げられた故事にならって、新型コロナウイルスが退散するようにと祈りを込めた。

花火には、そうした一面がある。新潟県の長岡の大花火は長岡大空襲の鎮魂の意味もあり、華やかさだけでなく一瞬きらめいて落下するその一片一片に人々の願いが込められている。

今回の花火も私はテレビに映ったものしか見ていないが、感動した。たぶん東京だとすれば多摩川の花火だろうか。

実家が世田谷の等々力にあった頃、二階の私の部屋に続くベランダから、多摩川の花火が見えた。土手に行くまでもなく、居ながらにして花火を楽しむことができた。特等席に大切な友達を招待し、ビールで乾杯したこともある。

今回の催しは観客の密集を避けるため、打ち上げ場所を公開せず、全国の約二〇〇カ所で約一六〇の業者が無償で参加したという。

日時も伏せられていたが、突然の音に驚かれることを考えて、寸前に公開された。なんと粋でかっこいいことか。花火師といえば粋の象徴。今も脈々とその心意気が引き継がれているのだろう。

それにしても、実現するまでたいへんだったと思う。全国の花火師に呼びかけ、賛同の答えを得て、ひそかに準備するのだから。

各地の花火大会が続々と中止になるなか、集客など一切せず、むしろ誰にも知られぬように事を運ばなければならない。

五分間だけの打ち上げといっても、前もっての準備は大会と同様に手間がかかる。お金の工面も必要だったろう。

それを乗り越えさせた情熱……見る人に笑顔を届けたいという一途な思いが爆発した。そして医療従事者にエールを贈るために、青色の花火を。

日本各地で同時刻にいっせいに人々は空を見上げた。上を向くことすら久しぶりだったことに気付いたかもしれない。

人知れずその日のために着々と準備をした仕掛人や、それに沿って働いた一人一人に感謝だ。きっと彼らも、準備中にひそやかな楽しみを見つけたに違いない。誰にも知られぬように事を運ぶその愉しさはえもいわれない。

子供の頃、母に内緒で夕暮れを待って、一本の線香花火の描く小さな華に心をおののかせた刻(とき)を想い出す。何度かもう終わりと思わせながら、あえなく丸い火の玉が落ちるまで。

日本の粋は今も生きている。庶民の心意気としてコロナに負けず生き残っている。

それに比べて小さすぎる布製のマスクとか、すったもんだの末、やっと一人一律一〇万円に落ち着いた給付金、さらに加えて今後の備えと検証になくてはならぬ専門家会議の議事録がなかったとか。国のやることは粋とはほど遠い。

美意識という無上の資産

青森県の弘前に住む友人から手紙が来た。長らく「暮しの手帖」で原稿を書いていた女性で、独得の文体のエッセイを書く。水茎の跡うるわしい墨字で、青森と五所川原のカルチャーセンターが閉校になったことを伝えていた。

新型コロナウイルスのせいで各地の文化センターが消えていっているという。

彼女は長らくエッセイ教室の講師を務めていたが、先日、最終日を迎えた。

そこで記念文集を出すことにして、編集から印刷までみな自分たちの手弁当でやったそうだ。私の講演を聞いた時のことを書いてくれた人もいる。

片山良子さんという同い年の友人は、かつて私が弘前に講演に行った時に、NHK文化センターの担当者が空港からまっすぐ連れていってくれた林檎(りんご)園の女主人であった。手作りの昼食でもてなされ、もともと東京から疎開で弘前に来たという彼女とすっかりうちとけた。

岩木山の麓に広がる林檎園へ私を連れていってくれるという。麦わら帽子をかぶりすっかり林檎園の少女になって、その年一番早く収穫する茜(あかね)という小ぶりの林檎を見に行った。

無袋(むたい)林檎という袋をかぶせず自然に近い栽培法なので、日の当たる側が紅くなったら、日陰の部分を日に当てるために、手で軸をまわしてやる。

茜はこぶしほどの大きさで、真紅の皮に包まれた肌は蒼白いほどの白さである。少し酸っぱくて昔からある林檎の味がする。カモシカが岩木山から降りてきて顔を出すときもあるとか。

それから何度通ったろう。五月頃、桜を追って裾野一面が霞のように白くなる林檎の花をどうしても見たくて訪れたことも。真白い花なのに染めると黄色くなるという。

彼女が暮しの手帖社からエッセイ集を出すことになった。『明日も林檎の樹の下で』というタイトルで、私が会員の、庭の美しい国際文化会館で出版記念会を開くことになった。林檎というのは鳥や獣や沢山の動物たちが集うからその名がついたとご主人から教えていただいた。

片山さんの林檎は箱を開けた瞬間から匂い立つものが違う。人々の手がそれだけかかっている証拠だろう。

息子さんに代を譲って八十九歳のご主人の世話をしながら、彼女は「太宰治まなびの家」の館長をしたり、カルチャー教室でエッセイを教えながら今を過ごす。ほんとうにいいもの美しいものを知る数少ない女だ。

その彼女の美意識を教える場所がなくなる。残念だ。

各地でカルチャーセンターが閉校するのは、一時のカルチャーブームが過ぎたからでもある。生徒が集まりにくいというが、月一回、私が唯一、四半世紀続けるＮＨＫ青山の「下重暁子のエッセイ教室」には、東京近郊だけでなく鶴岡（山形）、上田（長野）、浜松（静岡）、日光（栃木）など、遠くからずっと通ってくれる方がいる。男性も多く、年代も職業もさまざま。密を避けて休講の時も、彼らで始めたメール句会「あかつき」は続いている。

コロナで文化が失われていくことがなんとも淋しい。

儚さは人生に似て、夏椿

祇園精舎の鐘の声
諸行無常の響きあり
沙羅双樹の花の色
盛者必衰の理をあらはす

有名な平家物語の一節である。

近頃さかんにこの一節を思い出す。半年前には思いもかけなかった新型コロナウイルスが世界中を席捲し、自分が感染しているかどうかわからぬままに、都会を彷徨している人類のことを考えるとふと口をついて出る。

人間の欲望のままに、経済効率や便利さのみを追い求め、地球上の他の生物や自然（ウイルスを含む）を省みなかった報いが今訪れようとしている。第二波、第三波の到来さえ予想されている。

だが、人間が欲を減らし、自分たちだけのための経済活動を低下させた途端に、自然は息を吹き返した。ヴェネチアの澱んだ運河が澄んで魚影が見えるようになったというし、軽井沢の山荘に来る鳥たちも今年は数を増している気がする。

昨日入った知人のメールには、見馴れぬ花が写っていた。つややかな緑の葉の間に見える白い花弁、中央の花芯に濃い黄色が残る。

どこかで見たような……。記憶を辿って、そうだ、京都の寺だったと思い当たった。それも小さな寺で、花はほとんど白いまま地上に散っていた。

「日本では珍しい沙羅双樹です」

案内した人が言った。

「インドの高地に自生し、釈迦が亡くなった時に咲いた、仏教の三大聖木といわれる樹です」

「五月〜七月頃に花をつけますが、ほんとうの沙羅双樹は日本では育ちにくいので、夏椿をかわりに植えることが多いのです」

確かに写真を見比べると似ている。けれど、ほんとうの沙羅双樹はもっと高木で花も小さいとか。

その寺の樹も夏椿だったかもしれない。なぜ代用されたかというと、一日しか花を咲かせないところが人生の儚(はかな)さを感じさせるからとか、丸味のある葉が似ているからとかいわれるが、私は前者だと思う。

京の寺で見たあの無惨なまでに散った多くの花々がそのことを物語っている。

まだ生きているような芳香にむせそうだった。香りの記憶は今も鮮烈だ。

たった一日の儚い生命は、私たちの人生に似ているのかもしれない。あらゆる欲望にあくせくし、経済効率が全てだったコロナ以前の生活にもどることばかりを考え、胸に手を置いて自省することも忘れ、この期に及んでも人間の欲を優先させる。

知人の庭に咲いた一輪の夏椿は、瞬時私を清浄な気分にさせてくれた。

百年以上経つ旧家の知人の庭には、さまざまな花が咲く。若くして亡くなった母上が好きな花を植えたのだというが、仏教と歴史に造詣の深かった母上はどんなつもりでこの花を植えたのだろうか。

「私はあまり花には詳しくないので」

といいながら、たいていの写真に名前があるのに今回のメールには花の名が書かれていなかった。

いま花咲く「それいゆ」

街へ出ればマスクの花が咲いている。

古典的な白一色のものでもさまざまな形があるし、医療者のつけている水色のものから黒一色もある。顔の真ん中にあるものだけに目立つので、さまざまな工夫がされている。若い人に人気なのはぴったり肌のように貼り付く冷感マスクだという。広島の赤ヘル軍団は真紅のマスク。お母さんの手作りマスクなども目につき、今や一種のファッションになっている。かつては三角に近いゴツゴツした黒いおじさんマスクにガーゼだけ取り換えていたこともあった。

私は子供の頃、結核にかかり、小学2、3年を休学して家に隔離されていたから、マスクも馴染みだし、ステイホームも人より苦にならない。外から遊びに興じる子供の声が聞こえても羨ましいと思ったことがなく、父の書斎から小説や名画集などを一冊ずつ取り出して眺め、無邪気に転げまわる同年代の子供っぽさを哀れんでいた。

唯一の友達の蜘蛛(くも)は美しい網を張り、獲物がかかるのを待つ楽しみを教えてくれた。病気も決して捨てたものではなかった。

その頃の子供の読み物といえば、少女雑誌であった。戦後次々と創刊され、松島トモ子さんや小鳩くるみさんなど、子役や童謡歌手の愛くるしい写真が表紙になった。

大好きだったのが中原淳一の絵が表紙の「ひまわり」。その少女のつぶらな瞳、細い首、洗練された愛らしいファッションに夢中になって、自身も細身で目が大きいのをいいことに、似た格好を心がけていた。

「ひまわり」を卒業し、「それいゆ」を読むようになると、大人になった気がした。二〇一四年に亡くなった大内順子さんが青山学院大の頃からモデルになっていた。当時すでに活躍していた黒柳徹子さんがご両親とともに写った記事など鮮明に憶えている。ヴァイオリニストの父、声楽家の母、なんて素敵なご一家だろう……と。

その話を一緒に遊んでいる句会の席で話すと、

「そう、あの写真、私もよく憶えている。いい写真だったわ」

と黒柳さんが言った。

その「それいゆ」の小さな店が復活した。最初は広尾の商店街の中だったが、広尾ガーデンヒルズの森のすぐ下の街角に移って、ぴったりの風情。

坂を下れば、我が家から三分。

懐かしくて時々、眺めていたが、ある時マスクを見つけた。緑地に白黒のひまわり、グレー地に紅と白で少女とひなげし、白黒の色変わり。デザインはさまざまだが、どれも独特のそれいゆ風である。すぐ手が出た。あの人にもあの子にも。美容室のスタッフ、我が家の秘書さんたち……。

みんな少女の顔になって喜んだ。聞けば人気ですぐ売り切れるとか。人々は憂鬱なマスク生活にもおしゃれを取り入れ、楽しんでいる。辛いこと苦しいことに楽しみを見つける。庶民の知恵である。それに比べていまだに巨額の税金を使ったアベノマスクにこだわる何と無粋なことよ。

養老孟司さんの「少年の目」

東京駅を出ると優しい風が吹いた。想像していたより東京も秋めいていた。しばらく軽井沢の山荘にいたので暑さを忘れていた。というより旧軽井沢の愛宕山麓にある山荘は、夜は寒いぐらいだった。

毎年八月二十日を過ぎると、突然秋になっている。ある朝ひんやりと肌を這う感覚に驚かされて、外を見ると、庭の楓（かえで）の頂が朱くなり始め、日に日にその色が濃くなってくる。今年（二〇二〇年）は異例だが、普通の年は軽井沢では二十日過ぎに小中学校が始まる。すすきの穂が出始めた国道十八号線をランドセル姿の子供たちが並んで登校していく。

異常気象とはいえ、秋になると自然は忘れずにその到来を告げる。

萩やソバナ、赤まんまが風に揺れ出し、赤トンボの数が増えていく。

黒アゲハのドレッシィな衣裳、モンシロチョウなど、蝶々や昆虫に詳しくないのでよくわからないが、秋は庭を訪れる珍客が増える。

灯があれば、ごく小さなものから掌ぐらいもある大きなものまで、蛾がガラス戸に張りついている。

昨年、秋の終わりに近づいた頃、香川県に講演に行った。お寺二カ所での講演で養老孟司さんと私が講師だった。

羽田から高松空港に夕方着いて、迎えの人の車に乗った。

すると養老さんが突然、その車の後ろにまわって手を拡げて何か追いかけている。

危ない！　転ばないでと思っていると敵は見事に逃げ去っていった。

養老さんの頰は紅潮している。

「残念だったなあ！　それにしても今頃こんなところで出会うとは」

それは珍しい種類の蛾だったようだ。薄暗がりの中で白い羽ばたきが見えたから、よほど大きな獲物だったに違いない。

まるで少年のように輝く目、追いかける身ぶり。養老さんは少年にもどっていた。というより、今も養老さんは正真正銘の少年そのものなのだということがわかった。

「いいなあ」と思った。

そんな瞬間に出会えたことが幸せだった。

鎌倉に生まれ、高台の家に住み、虫や鳥や草花など自然を愛してきた暮らし。

テレビで少し太めの猫と散歩する養老さんを見かけることもあった。

私も、夏に軽井沢の山荘に出かけると内臓が入れかわる気がする。新鮮で空気もおいしく、梢を渡る風の音や雨の匂いといった感覚が生き返る。

そんな時間を持つことが出来た今年、庭の樹々の間でふと人影を見る。それは、幼い頃の少女の私なのだ。コロナで時間だけはある現在、気に入った場所で自然の一員にもどっている。

蝉にでもいい、蝶々でもいい、一瞬、変身してみることで、人間ではなく他の生物の気持ちになって物事を考えてみたいものである。

そうすることで、人間だけがえらいというおごりや独りよがりを脱することができる。経済効率ばかり追わず、ゆとりを持って自然界の一員でいたいものである。

だだちゃ豆の奥深さ

九月の初め、続々と秋の味覚が送られてくる。梨、りんご、栗きんとん等々楽しみが増える。中でも、八月末から盛りを迎えるのが、だだちゃ豆。

だだちゃ豆？　ただの枝豆のことじゃないかとおっしゃる方には、その奥深さがわかっていないと申し上げたい。

だだちゃ豆は毎年品評会が行われている。審査員が食べ比べ、どこの畑のだだちゃ豆がその年の一位か二位か、産地で競い合う品評会が行われる。

庄内藩主だった酒井家の殿様は、献上される枝豆が大好物で、食するごとに「これはどこのだだちゃが作ったのか」とおたずねがあったという。

だだちゃとは庄内地方の方言で「お父さん」。お母さんは「ががちゃ」だ。

明治維新後も、ずっと今にいたるまで酒井家の当主は鶴岡に暮らしている。『蟬しぐれ』などの名作を遺した藤沢周平の故郷でもある。

私はたまたま酒井家の当代ご夫妻と仲よくしていることもあってだだちゃ豆を送っていただくことがあり、あのコクのある風味は、普通の枝豆にはないものである。

茶色い毛の生えた外観はいわゆる枝豆より野性味があり、そのぶん味も渋い。

そのだだちゃ豆のとれる畑を見に行ったことがあった。最上川で船の案内人を務める

Hさんに連れられて、まだ存命中であった斎藤茂太ご夫妻に、兼高かおるさんも一緒だった。

一面だだちゃ豆畑の彼方に月山がかすみ、とれたてのだだちゃ豆を農家でゆでてすぐいただいた。最近は東京のスーパーでも売っているが、やはり食べ物はとれたてが味が一番よくわかる。

あっという間にみんなで皿を平らげ、ふと見るとだだちゃ豆をゆでた釜のそばに黒っぽいものがうずくまっている。この家の飼い猫だった。猫はおいしいものがあるのを知っている。

もらっただだちゃ豆を前脚で押さえて上手に食べているところをみると、食べ馴れているのだろう。

今年もだだちゃ豆がHさんから送られてきた。

冷えたビールに枝豆、浴衣姿で寝転んで野球中継を見るのは、かつての日本のサラリーマンの典型。よくぞ男に生まれけるという一瞬なのだそうだ。

「おうちにいましょう」というコロナの夏、犬を抱いて優雅に椅子に腰かけ紅茶を楽しむ首相が辞任して、今度はだだちゃ豆の味のわかる人、庶民の痛みがわかる人になって欲しいと思うのだが。たまたまこの原稿を書いている横のテレビで、自民党総裁選に立候補する菅官房長官の記者会見が行われている。彼は秋田の農家の出身で、たたき上げの人生が売りである。

今年は最上川が氾濫して、船に乗る客がめっきり減ったそうな。上流は被害が報じられたが下流は無事だという。それでも風評被害とやらで、いまだにコロナの影響も含めて客足がもどらない。

今年は暑さも含め、ほんとうに特別な夏であった。

金木犀の香り

マンションの入口から外へ踏み出す時は一瞬マスクを外す。

「逆じゃないの？　マスクをかけるのでは？」

という人にお教えしたい。

閉ざされた空間が解き放たれた一瞬、押し寄せてくる香り。この時期だけのものである。おわかりだろうか。もったいつけるにはわけがある。「金木犀（きんもくせい）」――私にとっての東京の秋の始まりである。

ところがネットなどで金木犀を知らない人が多いのに驚いた。北海道など寒い地方には少ないようだが、私たちの年代にとっては香りでいえば秋の象徴である。

ネットでは「どんな香りなのですか」という質問が多くあり、香水や他の花になぞらえて説明されている。「栗の花に似ているのですか」という質問もあり、ということはとんでもない思い違いをしている人が意外に多いのだ。

私の住む都心のマンション群は、樹々に囲まれ四季折々の花が咲くが、私が一番自慢すべきと思っているのは金木犀である。その数、百本近く、いやそれ以上？　夕暮れ時、散歩がてら数えて驚いた。

オレンジ色の小さな花が筒状につき、一本の木にいくつもぶら下がっている。

途中で数えるのがいやになってやめてしまったが、この庭を作った人はよほど金木犀にこだわりがあったと見える。

これだけあれば、住んでいる人はもちろん、通りがかりの人も「あれ？」と思うに違いない。清らかで甘い香りが鼻の奥をくすぐる。

よし今日こそは香りの正体をこの目で確かめるべく、近づいて嗅いでみよう。

というわけで庭を歩きまわったが、木に近づくにつれ、香りが強くなるどころかあまり香らなくなるのだ。どうしたことか。遠くへ拡散してしまって、花そのものの香りが逃げてしまうのだ。

香りとは目に見えないだけに、存在の本体を気付かれたくないのか。

かつて中国の桂林から漓江(りこう)下りの船に三時間ほど乗ったことがある。桂林とは「金木犀の林」と聞き、その林の中で道に迷う自分を想像してみた。あの香りには人を陶酔させる妖し気なものがまじっている。だからこそ金木犀が香り出すと私はそわそわと落ち着かず、まるで猫のように鼻をくんくんさせて一人で、マンションの庭をさまよっている。

その間、何人もの住人と行き違う。郵便配達やクロネコヤマトのお兄ちゃんもいる。みなこの時期マスクをかけている。

もったいない。マスクをしていると金木犀は香らない。

「ねぇ一瞬だけ外してみない？」

と声をかけたい誘惑に駆られる。

トランプ大統領のコロナ感染は、マスクをしていなかったのが一因だが、まさか金木犀の香りのせいじゃないでしょうね。そんな風流心をお持ちなら嬉しいが。

書店がある幸せ

落葉の上をりすが走っていく。この季節、どんぐりやくるみなど木の実を集めて冬の準備をするのだ。軽井沢は、もう冬だ。今朝は三度だった。朝は冷えるのだが、晴天の日の昼間は日射しで上衣がいらないくらい。

浅間は初冠雪で真白に塗りつぶされた。お昼をホテル「鹿島ノ森」へ食べに行く。ラウンジから外に出て芝生の上を散歩する。見馴れた紅葉の枝が冴えていない。くぐもった色でそのまま枯れそうだ。秋になって雨が多かったせいか。コロナ以来、軽井沢に来ても、ほとんど外出しない。今日は帰りにスーパーへ寄って買い物をしよう。

といっても、食べ物を見繕うのはつれあいの仕事。わが家は作る人がつれあいで、私が食べる人なのだ。

その間、私は隣の本屋へ行って、本を物色する。眺めているだけであっという間に時が過ぎるので、若い頃から待ち合わせはほとんどが本屋。だが、その数が減少し、軽井沢には全く本屋がないことがあった。多くの文人が夏を過ごした場所なのに。

平安堂という長野県のチェーン店の後に蔦屋系の「軽井沢書店」が出来た。私はこの店を愛している。まず「軽井沢書店」という名前がいい。シンプルでそのものズバリなのに雰囲気がある。決して広い敷地ではないのに、本の並べ方も探しやすい。

中央に新刊や話題書があり、その横に軽井沢に縁のある作家の本がある。私の本も九月に出た『恋する人生』などが置かれていた。『源氏物語』の「空蝉」や『和泉式部日記』『とりかへばや物語』など、私の好きな古典を中心に、恋心を探ってみたのだ。
四、五冊選んでレジへ持っていくと、店長が出迎えてくれた。毎度、サイン会などでお世話になるので顔馴染みなのだ。開店の一周年記念に、私が話をする会も開かれた。
文房具やおしゃれなシャツなどもさり気なくあり、センスがいい。

「出来るだけ地元の人たちが作っているものを置いて、住人が楽しめる空間を作りたい」という思想なのだという。

「でも、コロナでたいへんでしょう？」

といったら、

「それが、去年より売り上げがいいんですよ。地元の人や別荘族がこの機会に本を読みたいといって来て下さるんです。九月の四連休からさらに増えました」

「へぇー良かった。でも、お休みした時期はあったでしょう？」

「いえ、一時期、営業時間を短縮しただけで一度も休んでいません」

それなりの工夫があったのだ。

西側のスーパーに近い入口附近はカフェになっていて、静かに読書する人、コーヒーを楽しむ人、みな一人でやりたいことをやっている。私の山荘のお隣のお嬢さんも常連でパソコンを使いに来る。

喋る人は誰もいない。

コロナ以来、移住者も増えている。地域に根ざした地域の人に愛される書店に成長していることが嬉しい。

隣のスーパーで買い物を終えたつれあいが迎えに来た。今日の夕食は何だろうか。

一字が万事

「連句をやらない?」

かつて一緒に俳句をやっていた仲間から声がかかった。

「コロナの時期、ラインでやれば会わなくてもすむし」

私が遊んでいた俳句の会は三つほどあるが、いずれもコロナで休止している。私は会のある時しか作らない怠け者なので、このところ俳句は遠くなりつつあり淋しかった。

彼も同じ思いだったのだろう。

しかし、連句はおいそれと出来るものではない。そもそも俳句の前身であり、江戸時代、生業（なりわい）として俳諧師の宗匠が座を組んで三十六歌仙を巻いた。五七五に続いて七七とつけ、次は五七五そして七七と前の句からの連想でつないでいく。途中、月や花、恋の句が入り、春、夏、秋、冬、雑（ぞう）と順番によって決めごとがある。つきすぎず離れすぎず、想像力と感性の高級な遊びである。

私はかつて、佐々木久子さんが主宰する「酒」という雑誌の酒恋歌仙のゲストメンバーだった。宇田零雨宗匠の下、早大の恩師、暉峻（てるおか）康隆先生に誘われて何度か遊びに行ったが、難しいぶん、楽しかった。

芭蕉はかつて宗匠だったので、発句を詠む。その発句集が奥の細道になり、数々の名作を生んだ。独立して五・七・五の俳句になったのは、明治になって正岡子規が俳句と名付けてからだ。

俳句ではもう四十年以上遊んでいるが、連句は座の文芸で、集まった人々が一つの作品を作り上げる面白さがある。こんなに趣のある遊びは他にない。

五人で始めて、おこがましくも私は経験者ということで、発句を承った。「秋の蝶」の巻、今三分の二くらいまで巻いたが、他の人の句から自分の句へ連想をたくましくするのが待ち遠しい。

そこで改めて気付いたのは、連句や俳句は、一字違えば意味も趣も変わる。

六月を奇麗な風の吹くことよ

私が大好きな子規の句である。わかりやすく、それでいて深くすっきりと子規らしさが表れている。

ここで大切なのは、「六月を」である。六月のでもなく、六月にでもない。六月と梅雨の晴れ間、病床にある子規のもとに、洗われたようなきれいな風が庭から吹いてくる。

それは「を」でしか表現出来ない。短い言葉だからこそ一字が物を言う。

『自分勝手で生きなさい』はマガジンハウスから出た拙著だが、これも同じこと。「自分勝手に生きなさい」とは違うのだ。

でとにでは大違い。にでは、自分の感情に流されるままという気がするが、でとなると、そこに自覚が生まれる。コロナの時期、自分自身の心の奥をみつめ、自分で責任のとれる生き方を再確認する。

一字違えただけで変わってくる日本語の妙。本の題名を考えるのも俳句と同じ。さり気なく、しかし、著者の姿勢を感じさせるものでなくてはならない。

ゴローくんと森くんと

ベートーヴェンの生誕二五〇年だという。本来なら方々で生の演奏会に接することができたはずだが、今年（二〇二〇年）はオンラインや少人数での演奏など、工夫を凝らしたものが多くあった。

中でもNHKのEテレで日曜日に放送された、稲垣吾郎と指揮者による交響曲第五番「運命」の解説は面白かった。五番はほとんど同じメロディのくり返しなのに、なぜあれほど変化に富み情熱的であるか、秘密が解き明かされる。

こういうクラシック番組があれば、どんなにか音楽ファンの裾野が広がるだろうと思った。特に稲垣吾郎の変貌ぶり。舞台でベートーヴェンを演じ、そのためにウィーンをはじめ各地に取材に出かけただけのコクが刻まれていた。

こんなに素晴らしい俳優であったのだ。改めてゴローくんの魅力にとりつかれた。彼は年を経るごとに深く自分を掘っていくことのできる人物である。

かつて私は、それぞれ個性のある五人のうち、なぜ地味でおとなしく見えるゴローくんがメンバーなのか不思議に思ったものだ。

しかし時を経てスマップが解散し、ジャニーズ事務所を離れる人々が出て、気がついてみたらゴローくんは落ち着いた自分を発見し表現できるようになった。

スマップ解散に多くのファンががっかりしたらしいが、私は彼らが年齢とともに成長し、一人一人が個として頑張る姿を見るのが楽しい。

これから先も彼らは成長し続けるだろう。どんな魅力を見せてくれるか。若い頃の人気比べなどたいしたことではない。その間にため込んだものが開花した時の嬉しさ。ファンであれば当然だ。

スマップで一人気になるメンバーがいた。結成時のメンバーでありながら、どうしても自分の好きなオートレースの道に進みたいという希望を捨て切れず、プロのオートレーサーになった森且行さん。オートレースでも人気はバツグンだったが、なかなか優勝できなかった。

私はＪＫＡ（旧・日本自転車振興会）の会長だった際、何度か直接会うことがあった。

私が会長に就任した時は自転車（公営競技の競輪）だけだったのが、同じ経産省の管轄であったオートレースも途中からＪＫＡの担当になったからである。年末のレースに出席し表彰式に参列するという仕事もあった。

そこで出会った森くんに、私が持っていた週刊誌のコラムに登場してもらおうとインタビューを申し込んだ。ところが即、断られたのである。理由は、目立ちたくないということだった。スマップだった頃の事務所から圧力があったかもしれない。気の毒だった。

それが先日、日本選手権で初優勝し、かつてのスマップのメンバーたちがお祝いのコメントを発表しているのを見て、やっと彼にも明るい時代が来たことを心から喜びたくなった。その後の怪我もきっと乗りこえてくれるだろう。

タヒチの猫、ニニ

タヒチといえば、ゴーギャンの絵を思い出す。あの絵の中に猫はいたか。たくましい褐色の肌をした女たちにまじって犬の姿はあったが、猫はいなかった気がする。

旅先を選ぶ私の目安は、猫に出会えるかどうか。猫がのんびり道を横切っていく場所は平和である。

私がタヒチのボラボラ島を訪れた頃は、まだ直行便もなく不便だった。

四十年ほど前の話だからたいへんで、日本からまずニューカレドニアへ行き、そこからタヒチ島の首都へ。バスと船を交互に乗り継いで、やっと着いた気がする。

いい加減くたびれ果てたところで、紺青の海が迎えてくれた。ボラボラ島は海の上にコテージが出来ていて、野趣のある屋根と建物に向かって一棟ずつ、岸から簡単な橋がかかっている。

旅好きの仲間五人のうち女は一人なので、一棟を一人占め。決められた棟に橋を渡ろうとした。

その時、気配を感じた。猫だ。じっと私を見ている。猫好きはその気配を見逃すことがない。三色のまじった日本の三毛猫風な猫だ。

「あとで遊びにおいで!」

部屋に入ると疲れがどっと出て、そのままベッドの上で寝てしまった。

床の下を優しく波が揺さぶる音に目覚めると、ちょうど夕焼けが華やかな衣裳を脱ぎ捨てて薄墨色に変わろうとしていた。時計を見ると夕食の時間が近づいている。

慌てて着替えをし、桟橋を渡ってレストラン棟へ出かける。その時もふと視線を感じた。先刻の猫だろうか。姿は見えないが、声をかけた。

「食事をしたら帰るから待っておいで！」


すでに闇に包まれた桟橋の上に何かがうずくまっている。待っていてくれた。コテージのドアを開くと、猫は当たり前のように中に入って来た。私はレストランから持って来たごちそうを部屋の隅に置く。すぐには食べようとしなかったが、私の顔を見、食物の匂いを嗅いで、やがて少しずつ食べ始めた。

これ以上の話し相手はいない。私は窓を開け、ベランダに出て三日月を背に猫と話し始めた。

昔、私が愛した「ニニ」という猫の話。私が大学を出てNHKに就職し、名古屋に転勤していた間に、毒入りの食物のせいで死んでしまった三毛の日本猫だ。

そうだ、この子を「ニニ」と呼ぼう。

夜、ベッドに入ると微かな重みを感じた。猫だ！　入口の鍵は閉めたが、必要があれば鳴くだろう。

朝方、小さくニャアと挨拶をして猫は出て行った。

海の観光を終えて帰ってくると、桟橋で昨日と同様待っていた。そしてレストランからのお土産を食べ、また、私のベッドの上で眠った。三泊の間じゅう、タヒチのニニは私と夜を過ごした。

次の朝、大きなスーツケースを運ぶのを猫は見ていた。「さよなら、ニニ！」。私たちの車は猫を海辺に残して去った。

花を咲かすかは自分しだい

これくらい正月らしくない正月があっただろうか。

と書きながら、では、正月らしい正月とは何だろうかと考えてみた。

初詣でだったり、おせち料理だったり、毎年くり返される年中行事のことしか思い当たらなかった。

我が家は二人暮らしだが、松飾りはするし、元旦には二人とも、気の張らない着物を着てお屠蘇で祝う。その後、増上寺と近所の氷川神社に初詣でをする。今年は昨年中にすませたが。

この静かな年末年始を狙って新しい仕事に挑戦する。一冊書き下ろしと決めている。

放送局にいた頃、年末年始はほとんど仕事をしているのが当然だったので、ぽっかりと空いた時間にまとまったことをする。

元来、天邪鬼に出来ているので、人が休んだり遊んだりしている時に仕事をし、人が忙しく働いている時に遊ぶ癖がついている。

「今年は家で静かに過ごしていろ」といわれるまでもなく、毎年一人で静かに原稿を書いている。だから今年のようにみんな静かに過ごしていると、私としてはどうしていいかわからなくなる。

ともかく、今年から新しい分野に挑戦すると自分で決めたからには、書かねばならない。

机に向かっている私を慰めてくれるのは、暮れに毎年送られてくる花である。一つは寒牡丹で、島根県の大根島(だいこん)という名産地からやってくる。

その淡いピンクの花弁のゆるやかさ！　暖かいところに置くとすぐ開いて正月には散り始めたりするので、温度と水の管理がたいへんだ。

まず固いつぼみがほぐれ始めて、はらりと一枚の花弁に続いてあっという間に満開になる。

散るのも早い。

「牡丹散って打ちかさなりぬ二三片」

蕪村の句である。

この句が好きなので、しばらくの間はそのままにして散ってゆく風情を楽しむ。

大根島から牡丹が届くようになって何年になろうか。島根県の中海に浮かぶ火山島で、全国の八割を生産するという大根島。その地名と牡丹の優雅さのとり合わせが面白くて、年末になると首を長くして待っている。

もう一つは啓翁桜。これは、山形県の名産である。薄紅色の小さな花弁が極寒に開いて、時ならぬお花見が出来る。

なんでも啓太郎という名の翁が昭和になって作ったからだそうで、その名を取って啓翁桜。温室で育てる彼岸桜の枝変わりだという。

小さな蝶のような花が一斉に開いた後は緑の葉が出てくる。花と葉を二度楽しめるようで、その葉がまだ緑のうちに、正月に予定した書き下ろしの原稿を終えようと、いい目安になる。

今年もコロナにかかわらず寒牡丹と啓翁桜が届いた。花たちに劣らず、自分で決めた仕事で花を咲かせなければと、仕事部屋の机に向かっている。

ひと筋の光となる雛祭り

山形県の鶴岡から見事な雛菓子が送られて来た。鯛を中心に、野菜や果物をかたどった生菓子が並ぶ。名産のさくらんぼ、たけのこなど見事な出来である。

鶴岡や酒田など庄内地方は雛飾りの有名な地帯だが、お菓子屋で雛菓子を特別に作るのは鶴岡だけだという。

この時期になると酒田の旧家である本間家をはじめ、豊かな商家では競って雛を見せる。「雛見」と称して観光客も方々から訪れる。

酒田は北前船が京から数々の雛を運び、特に本間家は代々、跡継ぎが女の子だったせいで、その度に新しい雛が買い整えられ、江戸時代からありとあらゆる雛が蒐(あつ)められていて見事である。

鶴岡は酒井家の城下、商家の酒田とはまた違った、品のいいお雛様と代々のお道具の数々が飾られる。全国で競い合って余りに華美になっていくことを危惧して、幕府が禁止令を出したこともあったとか。

本間家の当主だった万紀子さんや酒井家の殿様の一家と親しかった私は、どれくらい、お雛様を堪能させてもらったことか。まさに三月は「目の正月」だった。

というのは、日本各地では都市部を除いて旧暦で雛祭りのお祝いをするところが多い。かつてはお雛様は終わったらすぐしまわないと縁遠くなる、結婚できなくなるといわれ、それを恐れて三月四日になるとすぐしまったものだというが、慌てることはない。旧暦では四月三日までで、まだひと月もあるのだと思えばいい。

わが家は二月の半ば頃から三月半ば頃まで飾っている。

その私のお雛様は、戦後とうの昔に売ってしまった。

人形造りを趣味としていた父方の祖母の手作りした内裏様は大きくて見事なものだったが、食料難の犠牲になって農家に売られ、お米に替わってしまった。

古道具屋で私の雛探しをしたが、とうとう見つからず、悲しんでいるのを見て、松江の旧家の友人が倉から出て来たといって、古い享保雛（きょうほ）の内裏さまを譲ってくれた。今は毎年、玄関に飾ってその瓜ざね顔の上品なかんばせを楽しんでいる。

今年はコロナの緊急事態宣言の真っ只中だが、例年通りに桃の花とともに訪れる人を喜ばせてくれた。

もともと雛祭りは五節句の一つで、中国から渡ってきた行事であり、厄災を避けるために行われたもの。汚れを清めるために紙雛を川や海などに流し、子供たちの健康を願って美しく飾り付けをし、ご馳走を作って祝う行事となった。

コロナ禍で雛祭りも中止になるところが多いが、ほんとうはこういう時期だからこそ、厄災から逃れるためにかえって必要なのかもしれない。

3・11から今年で十年。その時期、雛が飾られていた家が多かった。

被災地を訪れた時に見た、泥まみれの雛の白い首が瞼に焼きついて離れない。

＊第１章〜第３章は「週刊朝日」連載中の「ときめきは前ぶれもなく」（２０１９年11月８日号〜２０２１年４月23日号）を抜粋・再構成し、加筆修正しました。

下重暁子 しもじゅう・あきこ
早稲田大学教育学部国語国文学科卒業後、NHKに入局。女性トップアナウンサーとして活躍後、フリー。民放キャスターを経て文筆活動に。公益財団法人「JKA(旧・日本自転車振興会)」会長などを歴任。現在、日本旅行作家協会会長。『鋼の女 最後の瞽女・小林ハル』『家族という病』『極上の孤独』『明日死んでもいいための44のレッスン』など著書多数。

朝日新書
825

死は最後で最大のときめき

2021年7月30日第1刷発行

著　者　下重暁子

発行者　三宮博信
カバーデザイン　アンスガー・フォルマー　田嶋佳子
印刷所　凸版印刷株式会社
発行所　朝日新聞出版
〒104-8011　東京都中央区築地5-3-2
電話　03-5541-8832（編集）
　　　03-5540-7793（販売）

Published in Japan by Asahi Shimbun Publications Inc.
ISBN 978-4-02-295133-5
定価はカバーに表示してあります。

落丁・乱丁の場合は弊社業務部(電話03-5540-7800)へご連絡ください。
送料弊社負担にてお取り替えいたします。